雀舌黄杨

吴佳骏 著

天津出版传媒集团

百花文艺出版社

图书在版编目（CIP）数据

雀舌黄杨 / 吴佳骏著. -- 天津：百花文艺出版社，
2017.1

（"记忆乡愁"散文丛书）
ISBN 978-7-5306-7142-9

Ⅰ.①雀… Ⅱ.①吴… Ⅲ.①散文集-中国-当代
Ⅳ.①I267

中国版本图书馆 CIP 数据核字(2016)第 294871 号

选题策划：杨进刚　徐丽梅　**装帧设计**：郭亚红
责任编辑：于静筠

出版人：李勃洋
出版发行：百花文艺出版社
地址：天津市和平区西康路 35 号　　**邮编**：300051
电话传真：　+86-22-23332651（发行部）
　　　　　　　+86-22-23332656（总编室）
　　　　　　　+86-22-23332478（邮购部）

主页：http://www.baihuawenyi.com
印刷：天津金彩美术印刷有限公司
开本：787×1092 毫米　　1/32
字数：176 千字
印张：9
版次：2017 年 1 月第 1 版
印次：2017 年 1 月第 1 次印刷
定价：32.00 元

目　录

出生地

出生地,换句话说,就是故乡。

我的出生地,位于重庆西部一个偏僻小镇的山坡上。镇名叫"雀舌镇",村名叫"黄杨村",皆响亮而刚硬。若站在坡顶俯瞰,整个村子就像躺在一个巨型的摇篮里。篮中除装着茅屋和泥土外,还有树木、花草,牛羊和猫狗,白天的太阳,以及夜晚的繁星和月亮……

幼时,清晨或黄昏,邀约几个小伙伴去坡上割草,迎面吹来的,是故乡的风。特别是冬天,风带着利刃从我们脸上刮过,仿佛手上紧握的割草刀划破手指的感觉,这丝毫不亚于饥饿之于我们正在发育的身体的刺激。那种看不见的痛,就像一颗生锈的铁钉,锥在人一生的记忆里,想忘都忘不掉。

等背篼割满草,倘太阳还没有完全升高,或者红日尚未完全落山,我们就会躺在坡地的草坪上胡思乱想。想得最多的,是山外的世界。大家都想知道山的外面是什么。有孩子说,山的外面有糖果；也有孩子说，山的外面有汽车；还有孩子说，山的外面什么都有，要啥有啥……

那个时候，我们都没念几天书，大字不识几个，也不知道啥叫"梦想"。你出生在这个地方，这个地方就深埋着你的根——这就是"命"。农民最大的忍耐，就是认命。这是他们千百年来养成的生存哲学。

人一旦有了想法，就注定会承担风险。

山外的事情想得多了，孩子们常常睡不着觉。他们像被附了魔咒，成天把自己幻想成一只鸟，腾云驾雾，朝着山外飞翔。遗憾的是，当这一只只羽翼稚嫩的小鸟还没飞过山岗，就被夜幕挡住了线路。他们的幻想终成泡影。待这只只倦鸟重新回到茅草搭建的旧巢时，父母早已做好晚饭在等待他们回家了。晚饭永远那么简单，一碟咸菜，几碗清汤寡水的粥。孩子们脸上无疑都挂满了泪水，但父母并没有责骂他们。因为，他们年少时也做过同样的梦。孩子们一边吃饭，一边抬头望着父母，这时，他们发现父母脸上的皱纹跟大山深处的皱褶一样深。

孩子们害怕了，他们担心自己会像父母一样过早衰老。这使他们逃离故土的愿望更加迫切。

及至成年，这些被大山困住的孩子，终于有了逃离故乡的体力和勇气。他们想尽各种办法，以各种方式逃离了禁锢自己的"摇篮"。他们喜出望外，兴奋异常。尽管，他们被连根拔起的"根须"上还滴着淋淋的鲜血。

多年之后，当一代又一代远离故乡的游子，在外面经历了流浪之苦,被生活锻打得身心俱疲的时候,他们才重又回过头来,眺望曾经割草的地方——那个被山水环绕的偏僻之地,企图借它的一块草坪来歇歇脚,疗疗伤。

可没想到的是,故乡却再也回不去了。

逃亡和回归所付出的代价历来就是等同的。

春之祭

那是一个令人感动的场景———大群乡民集体跪伏在一片树林子里，朝着前方的祖坟祭拜。那种神圣感和庄严感，也只有在春节祭祖之时方能得见。

在黄杨村，祭祖是农民们一年初始时要干的头等大事，更是乡间一个盛大的节日典礼。不需要组织，不需要邀约，完全是自发的行为。祭祀当日，天刚亮，各家各户便早早吃罢饭，收拾好锅碗瓢盆，携老扶幼，提着香烛供品和大红鞭炮朝村头的祖坟赶。祖坟有些年代了，周围长满了荒草，墓碑上镌刻的字迹早已漫漶不清。但在前来祭祖的人心中，这片坟地永远是令人敬畏的。那是他们血脉的源头。

正式祭祖时，在跪拜的人群中，是不允许高声喧哗的。否则，将会受到司仪的训诫，罚喧哗者长跪坟前，面向先祖叩头谢罪。在我童年的记忆里，有一年春节，村里人在司仪的主持下，正虔诚地祭祀祖先。就在大家三叩头时，人群里有个小孩被尿憋急了。一边哭，尿液一边顺着裤管往下流。司仪突然睁圆了双眼，凶狠地骂道："不肖子孙。"这时，小孩的父亲从地上倏地站起来，抬手就给不争气的儿子一耳光。随即，他一把拉过孩子，父子俩双双跪在祖坟前忏悔，脸色青紫，仿佛无形中真的惹怒了亡魂。

司仪一般由村中德高望重的老者担任，其权威性是不容置疑的。在村中，司仪才是真正的帝王，就连村长也要对其礼让三分，敬畏有加。如果说村长象征基层政治权力的话，那么，司仪则是乡村道德和文化的使者，他们共同维护着一个村庄的秩序。

祭祖或许是延续乡村文化的最后一道传承了。

然而，世易时移，在我的故乡，已经不见举行祭祖仪式很多年了。如今的乡村，早已是一座空壳。青壮年常年在外打工，即便是岁末年终，也难见他们回一次家。大多数年轻人，一旦离开故乡，就再也不想回去。哪怕他们在城市里靠租房度日，一辈子过着紧巴、卑贱的生活也永不后悔。

即使有那么一些乡愁尚存，或思乡情切的人，春节到自家的祖坟上烧几张纸，也不过匆匆忙忙，求一个心安罢了。祭祀的神圣感早已在现代人的心中荡然无存。

难怪我每年春节回乡，看到那些迟暮老人，孤零零地依偎在墙角，目露凄楚之时，都会发出无奈的慨叹：年是越过越没意思了。

春天就跟在年的后头，带着痛苦的浪漫。

酒鬼哀歌

　　夏长贵在没当村长之前，是滴酒不沾的。当了村长之后，却变得嗜酒如命。他每天早上起床做的第一件事，就是接一小杯自制的药酒一饮而尽。然后，冒着晨雾，迎着初升的太阳向雀舌镇走去。

　　他去镇上其实也没什么要紧事，不过打打麻将，喝喝酒而已。喝酒之余，顺便给那些闹矛盾的家庭调解一下纠纷，或者给需要出具证明的村民盖个章之类的。反正盖章也不费啥劲儿，公章就装在夏长贵的裤兜里，用一张报纸裹着。盖章时也不用印泥，直接拿章对着嘴哈几口气，闭着眼睛朝纸上一按，公务就算执行完毕。

　　夏长贵以前是个杀猪匠，铺子就开在镇政府对面。铺子旁原来有棵黄葛树，树干粗壮，常有鸟儿在树上筑巢。有时从树下经过，恰好一泡鸟粪砸在头顶，那就只有自认倒霉了。但一到夏天，大树带来的好处真是没得说。树冠宛如一把翠绿伞盖，任骄阳如何威猛，树底下依旧凉爽得很。如此一来，每天到树下乘凉、聊天的人自然也就多了起来。夏长贵便利用这个天然场所，做起了卖肉生意。

那时不像现在，肉价是相当贵的，老百姓十天半月才割一回肉吃。有的人家手头紧，又实在被肉馋慌了，就硬着头皮去夏长贵处赊肉。等慢慢凑够了钱，再来还账。夏长贵对前来赊肉的人从不抱怨，总是笑脸相迎。账赊久了，也不追问。即使到了年末，也从不主动上门讨债。老百姓都在私下里议论：狗日的长贵这人真是厚道。

但卖肉的时间长了，夏长贵开始有了一些变化。

由于那些政府里的人，下了班都习惯性到他的肉铺去割肉，夏长贵就每天都把最好的肉给政府的人留着。为此，他专门到五金店买来一包铁钉，钉在那棵黄葛树上。然后，再把那些上等好肉分块挂在铁钉上。每颗铁钉都是编了号的。只要一下班，政府的人从铁钉上取下属于自己的那块肉提起就走，也省去不少麻烦。

起初，有老百姓不谙个中缘由，非要盯着铁钉上的肉买，惹得夏长贵火冒三丈。渐渐地，待大家都看懂了门道，也就再没人敢去争买铁钉上的肉了。从那时起，夏长贵卖肉再不赊账，对待顾客的态度也没以前热情了，甚至还多了几分傲慢。

又过了两年，夏长贵突然就当上了村长。

成了干部后，夏长贵就不再卖肉了。不再卖肉的夏长贵经常出现在镇上的饭馆里，有时是他陪镇政府的领导喝酒，有时是求他办事的人请他喝酒。总之，酒像寄生虫一样赖上了夏长贵。

但夏长贵的酒量实在太差，每次喝酒都把不住性子。他左脚磕右脚地在镇上趔趔趄趄，不是哭，就是骂。他还骂镇政府的领导，骂他们是黄世仁，每年都要吃他几头猪。镇领导每次见夏长贵发酒疯，都要躲得远远的，像避瘟神一样。

大多数时间，都是夏长贵的婆娘摸黑到镇上来背他回家。每背一次，就咒骂一次："死鬼，总有一天，酒会要了你的狗命。"

夏长贵的婆娘真是个"巫师"，他的咒骂竟一语成谶。

就在去年，眼看春节即将来临，夏长贵跑到镇上喝醉酒后，于归家途中滑下山崖摔死了，年都没过成。说也凑巧，夏长贵死后不久，曾见证他仕途生涯的那棵黄葛树，因修建公路也被挖掘机连根拔起，躺倒的树干上全是钉子伤口。那些长长的铁钉生了锈，工人用老虎钳都没能拔出来。

这个世界上稀奇古怪的事情真是很多。

我后来听抬过夏长贵尸体的人说，当他们打着手电筒将夏长贵抬上山崖后，发现他那被寒气冻僵的右手，竟死死地抓着那枚公章。凝固的鲜血沾在公章上，很像过期的印泥油。

抬尸的人抠了很久，试图将公章夺下，可死去的夏长贵就是不肯松手。

单身汉

单身汉德木子坐过两次牢。

第一次是他强奸别人;第二次是别人强奸他。

在说第一次之前,先说几句题外话。德木子自幼就被父亲看不起,认为他脑壳有问题,无论谈话,还是做事,都不着边际。属于典型的成事不足,败事有余的人。要说,没有哪个父母不疼爱自己的子女的,哪怕他真的有病,甚至天生呆傻。毕竟,那是自己的亲骨血。但德木子确实又让他父母伤透了心,且处处颜面扫地。那时,德木子大概只有十三四岁,一个夏日正午,他父母躲在家里睡午觉。兴许是午时的光阴太难熬,加上烈日当空,屋外的气温犹如锅炉蒸腾,搞得人心里十分焦躁。德木子的父母在床上翻来覆去,汗水都湿了席子,却仍旧睡不着。于是乎,夫妻俩便寻思着干点别的啥。正好两人都只穿了条内裤,便开始了鱼水之欢。哪晓得,事情刚刚进入状态,就被在堂屋里玩耍的儿子听到了响动。德木子气愤地一脚将门踹开,冲进父母屋内,大声吼道:"爸爸,你这么做,要不得哈,妈是自己一家人的哟。"父母听德木子一吼,赶紧抓过被单,把身子掩住。然后,穿衣下床,跑到堂屋里,啪啪就给儿子两个耳光。谁知,德木子竟然不服气,非要去找人评理,在全村闹得沸沸扬扬,把他父母的脸都丢尽了。以至于村里人见了面打招呼,张嘴就说:"自己一家人的哟。"

就因为这件事,父子俩反目成仇,德木子未满十八岁,就被父亲赶出了家门,一个人闯江湖去了。

从家里出来后,举目无亲的德木子流浪到一个小镇替人守煤矿,有时还要去下窑。这份活计尽管辛苦劳累,但毕竟有了口饭吃,命是保住了。煤厂老板见德木子人虽半憨半傻的,但下起力来,倒也不偷奸耍滑,便把他视为长工对待。人一旦相处久了,就会产生感情。几年下来,煤厂老板对德木子的态度有所改变,越来越喜欢他。逢年过节,还要给他买新衣新裤。煤厂老板说:"只要你好好干,前途无量啊。"可德木子不想要这些,他的心思全放在煤厂老板那个漂亮的女儿身上。煤厂老板看出了他的动机,想断他的念头,就坦白跟德木子说:"我家姑娘早已名花有主,你就别痴心妄想了。还是老老实实干你的活儿,不然,你恐怕很难再继续待下去。"德木子心里何尝不知道,老板其实早就把女儿许配给了另一个煤矿主的儿子,他们想强强联合,把生意做大做强。只有两家联姻,才能互相利用,共同发财。但德木子实在太喜欢老板的女儿了,他每天吃饭时想,睡觉时想。有次下窑时,他因想老板的女儿走神,罐车滑轨,险些小命归阴。

一天，老板两口子去外面谈生意，只有女儿一人在家。德木子见机会来了，全身热血喷涌。待老板前脚一走，他便反锁了铁门，急匆匆朝老板女儿睡的房间跑去。当这个正在睡懒觉的姑娘，看到气喘吁吁的德木子出现在屋里，不由得惊叫一声。她正要喊叫，德木子便饿狗一样扑了上去。

老板回来后，见女儿蓬头垢面，蜷缩在床上哭泣，被眼前的一幕吓傻了。待问明缘由，老板怒发冲冠，迅速让人用绳索将德木子绑了。德木子好像预料到会有这样的结果，他既不反抗，也不挣扎，任凭摆布。这事发生后，另一个煤厂主当即决定退婚，从此井水不犯河水。老板见德木子毁了他的生财之计，索性报了案，德木子因此坐了七年的班房。

七年之后，德木子从牢里出来，人瘦得只剩一张皮了，全身都是病。稍有风吹感冒，就猛烈咳嗽。一咳嗽，就吐血。他原本想回家里，跪求父母原谅。可父母一听村人说德木子是个强奸犯，心就凉了。加上多年前的耻辱，他们再一次在人面前抬不起头。德木子见父母始终不肯原谅他，只好流着眼泪又离开了家。

这次，他访东问西，好不容易在镇上找到个看守工地的活计。德木子想，他的病这么严重，说不定哪天人就没了。他之所以在就近找活干，目的是想死得离家近一点。在工地上，他很负责，对人的态度也很好。工人们上下班，他都热情招呼。其中有个中年妇女，在工地上提灰桶。每天一到工地，就望着德木子嘿嘿地笑。起初，德木子并没觉得异常，只认为这个妇女面善心慈。但渐渐地，她到了下班时间，却还不肯走，在德木子的工棚前转来转去。再后来，她每次到工地干活，都要给德木子煮一个鸡蛋拿来，这让德木子十分感动。一段时间后，德木子跟那个妇女已经是非常熟络了。他还因而了解到，这个妇女死了老公，是个寡妇。生的两个女儿，一个在读高中，一个嫁到浙江去了，不禁心生怜悯。而那个妇女听说德木子有病，还在家里熬了中药给他端来。

一天收了工，妇女邀请德木子去家里吃饭，说要为他改善下伙食。正好那天另一个守工地的人也在，德木子便跟他商量，打个掩护帮忙看守一会儿，等他吃完饭，再回来替换。

德木子跟随妇女到家后，妇女做了一大桌菜，还倒了两杯白酒款待他。德木子说："我有病，不能喝酒。"妇女说："喝一点儿没关系。"德木子果真就喝了一口，呛得眼泪都出来了，妇女便在桌旁呵呵地笑。继而，妇女一口干掉自己杯里的酒后，就起身紧挨德木子坐在一条板凳上。妇女见他有些放不开，便用筷子夹了块肉给他，说："吃片肉哇。"德木子挪了挪说："碗里有呢。"妇女跟着挪了挪，又夹了块肉说："吃片肉哇。"德木子又挪挪说："够了。"妇女也跟着挪挪，再次夹起块肉说："再吃片肉啊。"这时，板凳重心一斜，两人都滑到了地上。妇女把筷子一丢，顺势就把德木子按住，双手解他的裤带。

不多一会儿，正在德木子心潮澎湃之时，猛然从屋外冲进一个彪形大汉，抓住德木子就打。要不是趁着那晚月黑风高，他仓皇而逃，怕是早就死于非命了。事后，德木子才搞清楚，那个大汉正是妇女的老公。她其实并非寡妇。

第二天,派出所就来工地上抓人了,他又因此坐了一年零两个月的牢房。

刑满获释后,德木子看淡了人生,觉得人活着没什么意义,跟一场游戏没啥区别。但他一直有个心愿:希望父母能原谅他。可一次又一次的丢人现眼,让父母根本就不愿再见他。

无家可归的德木子走投无路,还是原来工地上的一个熟人,见其可怜,把他介绍到一个小区去扫地。可他去了不到一个月,就在一次扫地时猝然死亡,害得物管公司赔偿了三万块钱。

德木子最终还是回了家,父母将他的尸体拖回去埋葬后,数着白花花的几沓钞票说:"一个逆子,换了三万块钱,值得,值得。"

寡妇逸闻

李贵芝在嫁人之前，曾找人算过一次命。算命的说她八字大，有克夫相。李贵芝当即就火了，说："你真是瞎了狗眼吗？本姑娘长得天庭饱满，地阁方圆，明明是旺夫相嘛，你偏说姑奶奶克夫。我看，你妈才克夫，不但克夫，还克子，要不，怎么会生出你这个瞎子呢。"说完，甩手就给算命的一耳光。她走了几步后，觉得还不解气，又踅转身，朝算命的脸上吐了一口痰，才愤然离去。

一个月后，李贵芝便出了阁，丈夫是个泥瓦匠。别看此人长得牛高马大，心却是粗中带细。泥瓦匠每次出去给人盖房，都不忘给李贵芝带点东西回来。有时是几个鸡蛋，有时是一捧瓜子花生，这让李贵芝感到幸福洋溢。只要泥瓦匠一带回东西，李贵芝就会拿出来跟邻居分享。当然，这其中不无显摆的意思。那些尝到甜头的妇女，自然也懂得恭维李贵芝，说："瞧瞧，你老公对你多好，要是我家那个蛮子有他一半的好，我就知足了。"李贵芝一听这话，心里美滋滋的，羞红着脸说："来，吃蛋，吃蛋。"可就是这个被人视为楷模的男人，却在结婚半年不到，即在一次上房盖瓦时，踩踏了一块椽条，掉下来摔死了。

李贵芝便成了寡妇。

两年之后，李贵芝嫁了第二个老公——荷叶村的骟猪匠。这个老公跟泥瓦匠一样，也很疼爱她。李贵芝自从跟了骟猪匠后，多了一个嗜好，喜欢吃猪尻子，俗称"头刀菜"。只要骟猪匠骟完猪归来，做的第一件事，就是把猪尻子献给李贵芝拿去炒了。一次，骟猪匠替人骟猪后，提起尻子要走，却被主人拦住，说猪尻子是他的，应该留下。骟猪匠怒了，说："按行规，尻子都归骟猪者享有。"双方争执不下，竟大打出手。谁知，那家主人原来是操过"扁挂"的，拳脚功夫甚是了得，加之脾气火暴，抓起刀具就把骟猪匠给骟了。骟猪匠欲抽刀反抗，那人闪身上前，复又一刀，正好刺中骟猪匠心脏，当场毙命。

李贵芝再次成了寡妇。

两个丈夫相继离世，使李贵芝不得不对算命先生之言产生后怕。尽管，在她看来，任何算命之术，都是糊弄人的。但李贵芝想，如果真是上苍注定要她今生守寡，那还不如不再结婚的好。于是，她索性破罐子破摔，转而变得轻浮放荡，以勾引别人的男人为乐。用她的话说，这叫"以毒攻毒"。

李贵芝勾引的第一个男人，是村里的赵天奎。那天，赵天奎正在地里挖红苕，她背个背篓，手里拿把割草刀，假装割草，在赵天奎挖苕的田地周围转悠。赵天奎因忙活路，根本没有在意她。不多一会儿，她便偷偷地摸到了赵天奎的身后。赵天奎刚刚弯腰去捡红苕，李贵芝趁机将他抱住，两个奶子在背上滚来滚去。赵天奎反身欲推，却被李贵芝按在了红苕沟里。这时，赵天奎的婆娘来地里背苕，正好看到这一幕，要跟李贵芝拼命，还是村长及时赶来调解，才平息了风波。

之后，听说村里有不少男人都被李贵芝骚扰过。而那些被骚扰男人的婆娘对李贵芝恨之入骨，骂她破鞋，欲除之而后快。尤其是赵天奎的婆娘，巴不得将其千刀万剐。自从发生红苕地里的丑事后，她经常看见赵天奎跟李贵芝眉来眼去，心照不宣。她利用各种方法，想捉这对奸夫淫妇的现行，可却抓不到任何把柄。有次，她实在被愤怒冲昏了头，拦住李贵芝问："娼妇，你那天在红苕地里，把我老公按倒，究竟干了啥？"李贵芝瞥她一眼，笑嘻嘻地说："挖红苕吃啊。"气得她面部肌肉痉挛。为给自己雪耻，赵天奎的婆娘联合村里其他妇女，日夜蹲守，全面布控，终于在一天黄昏，于后山的一个岩洞里抓住了正在通奸的赵天奎和李贵芝。她们用绳索将李贵芝绑了，扭送到派出所。

办案人员在审讯李贵芝时问："你到底跟村里多少男人有过奸情？"李贵芝答："只有两个。"办案人员问："哪两个？"李贵芝答："赵天奎。"办案人员问："那还有一个呢？"李贵芝得意地回答："你们笨啊，这还用问呀?！"

审讯一时陷入僵局。

乡村智者

　　"老大爷"本名吴国礼,年龄已过花甲,是黄杨村的一个"活宝"。只要他出现在哪里,笑声就会在哪里响起。故村中的男女老少都很喜欢他。即使有后生晚辈跟他开玩笑,他也不介意,一副乐呵呵的模样,仿佛从来没有过忧愁。

　　老大爷说话很幽默,且暗含哲理,是村里的"喜剧明星"。今年端午节,我回乡与他聊天。他坐在院坝里铡猪草,嘴上卷根叶子烟。一边铡,一边跟我说话。他说:"你看电视上那些城市女娃儿,整天穿双拖鞋在大街上走来走去,羞不羞人啊。我就是平时去镇上赶集,还得换双干净的胶鞋嘞。"我说:"大爷,人家那叫时髦,城市里流行这个。"老大爷沉思片刻,说:"照你这么说,那城市人还得谢我们乡下人时髦呢。"我说:"怎么讲啊?"他说:"那种拖鞋跟我们穿的草鞋差不多,草鞋在乡下早流行过了,城市人是跟我们乡巴佬学的。"

　　我无言以对。

还有一次，村里一个德高望重的老者八十大寿，全村的人都赶去吃喜酒。席间，我跟老大爷凑巧坐在一桌。桌上摆满了各种美味佳肴，鸡鸭鱼肉应有尽有。举箸换盏，觥筹交错间，大家都在感叹如今的生活真是好，穿的是绸，吃的是油。其中一个长者回忆说："要是在灾荒年，能吃上这么一餐饭，就是死也瞑目了。现在时代不同了，人人都能填饱肚子，吃不完的通通倒掉，你说浪费多可惜啊！"席上另一长者插话说："是啊，要是再来个灾年，不知还会不会饿死人。糟蹋粮食，是要遭五雷轰顶的。大家等着看吧，报应总有一天会来。"这时，老大爷发话了。他朝我肩上一拍说："小吴，你是知识分子，我问问你。你说现在的人生活比过去好上百倍，为啥身体却比过去那些吃糠咽菜的人差远了呢？"

我无言以对。

黄杨村是出了名的贫困村，前几年，国家实施"村村通"和"农网改造"工程。黄杨村属于改造重点。有次，市里派工作组到黄杨村对"扶贫工程"进行视察、调研，还要找村民座谈。工作组来的前一周，就有专人来村里做了周密安排。镇长还亲自给要参与座谈的村民"上课"，教他们该说什么，不该说什么。老大爷自然是镇长亲自选中的座谈对象之一。镇长上完课，让听课的村民对所学内容复述了好几遍，才满意地离去。

工作组来的当天，镇长如坐针毡，一直板着张脸，害怕村民言语出错。工作组的同志每问一个问题，答话的村民都吞吞吐吐、战战兢兢。边答边看镇长的脸色。几个问题回答完，镇长额头上早已是汗如雨下。

在整个问答过程中，其他几个人都说了不少好话。唯独老大爷卷根烟，蹲在旁边一言不发。镇长知道他是个懂得幽默的人，临到末了，想让他开腔活跃一下气氛。就说："老吴，你是村里的'万事通'，不给几位领导汇报一下生活情况吗？"工作组的同志见镇长如此说，就问老大爷："现在很多农民发展副业，在家种蘑菇，你们村里出蘑菇吗？"老大爷吸口烟说："出啊，大雨过后，自己到青冈树林里去捡。"大家相视一笑。继而，有同志又问："都说靠山吃山，靠水吃水，你们村里种什么经济作物或出产什么特产吗？"老大爷再吸一口烟说："坡上茅草有几匹，杂木有几根。"大家哄然大笑。镇长刚才紧绷的脸，终于放松了。

问话的同志点燃一支烟后，接着问道："大爷，政府搞'扶贫工程'，你们满意吗？"老大爷沉默好一会儿回答："镇长满意，我们就满意。镇长好，我们就好。"刚才还活跃的气氛一下子重又紧张了。镇长铁青着脸盯着老大爷。问话的人看看镇长，停了一会儿问："那你们希望政府今后能帮村民解决哪些实际困难呢？"老大爷头也没抬答道："农民也是纳税人，你们看着办。"

谎 言

农民大都是些本分、老实人。

无论做人还是做事都很认真，从不马虎。他们一辈子跟泥巴和庄稼打交道，身上有一种大地的品质——沉默、憨厚、有承受力。农民们没有"知识分子"那样的头脑，为人处世也不讲究含蓄，说话更是不喜欢转弯抹角。他们谑称自己是"一根肠子通屁眼——直来直去。"

在黄杨村，你若想要跟乡亲们处好关系，就得放下自己的臭架子，说些"掏心窝子"的话。否则，村民们是不会睬你的。以前，我还在乡下生活的时候，左邻右舍对我都像亲人一般。我跟村里的每个人都熟络得很。那时，全村的人吃同一口井里的水，大家知根知底，对各家的情况都了如指掌。要是谁家遇到什么难事，村里人都会主动上门帮忙，解燃眉之急，且不图任何回报。

记得那一年我初中毕业考取中师时，因家里无钱交学费，父母整天都在为我上学之事愁肠百结、泪流满面。我也被残酷的现实生活折磨得羸弱不堪，原本就营养不良的身体越渐虚浮。我不想为难父母。我早已打定主意，若等到九月一号开学时，学费仍无着落的话，我就自此休学，跟着隔房的一个叔父去学木匠。

九月一号那天上午，我正欲去叔父家跪地拜师，刚走出院门，却看见左邻右舍纷纷为我送来散碎钱币。有三块的，有五块的，有十块的。还有拿着粮食和鸡蛋来的人，他们让我去镇上换成钱后交学费。就这样，在乡亲们的慷慨相助之下，我满含热泪走进了当地中师学堂。

几年后，当我再次回乡时，已是一名光荣的人民教师了。可让我大为不解的是，当我回到村里，去乡亲们家串门时，他们对我的态度变得异常冷淡。递烟，不接；送礼品，不收。任我把感激的话说得口干舌燥，他们仍爱答不理，无动于衷。

后来，还是一个叔伯跟我说了实话。他说，以前大家资助我读书，是看在我这人实诚，没有花花肠子。况且，都是一个村的，哪有自己人不帮自己人的道理。可如今，我学业圆满，成了"公家人"，他们本也是真心替我高兴。可在村民们眼里，我已经不是从前的那个我了。叔伯说，无论是我的穿着打扮，还是说话的腔调都跟过去不一样。他们并不奢望我送礼敬烟，主要是看不惯我现在的那副"高姿态"。他们只希望我能像从前那样跟他们相处，叫一声叔，或者婶子也就够了。

我按照叔伯的指点去做，果然奏效。乡亲们对我的态度重又变得热情、和蔼起来。可见，农民们是不掺假水的，也不说谎话。

但不知何故，近年来，单就黄杨村来说，习惯了说谎话的人却越来越多。

第一个说谎的人，是村里的二虎子。二虎子是黄杨村出了名的实诚人，而且是个大孝子。自从他大哥前年在广州打工意外身亡后，他就一直在家照顾生病卧床的父母。他父母也不知道得了啥病，老是咳嗽，喉咙肿痛，吃不下饭。二虎子四处延医问药，父母的病终不见好。为给父母治病，二虎子把圈里的猪卖了，鸡卖了，羊卖了……反正能够卖钱的东西几乎都拿去卖了。眼见家徒四壁，二虎子的父亲在一个月夜自行结束了生命。这让二虎子很是内疚。二虎子下定决心，一定要救活母亲，不然，他对不起死去的父亲。安葬完父亲的第二天，二虎子就借钱把母亲送到县医院去做检查。医院说他母亲的病十分严重，得尽快住院治疗。那一晚，二虎子蹲在医院的走廊上彻夜未睡。翌日天明，二虎子便将母亲"骗"回了家。他跟母亲讲："医生说，你没啥大毛病，回去吃几副药就好了。"结果，他母亲回家不到一个星期，就咽了气。

或许是二虎子在黄杨村开了说谎的先例，而且，他说谎后并没有村人责骂他不孝，这就让那些后来的说谎者心安理得了。继二虎子之后，黄杨村的说谎者有村南的张小东；村北的李富民；村西的王展强；村东的赵四宝……他们都以同样的方式，将亲人们"骗"去了另一个世界。

骗术

一天，黄杨村来了一拨穿白大褂的人，自称是县医院的医生，专门来进行医疗下乡服务的。他们背着红十字药箱，挂着听诊器，拿着血压计和体温表，挨家挨户为乡民检查身体。

起初，乡民们还心存警惕，摸不清他们的身份，认为世界上没有免费的午餐，天上也不会掉馅饼。后来，当他们掏出证件，又发表了慷慨激昂的演说，乡民们才信以为真。他们说：我们是来免费为你们体检的，是在贯彻国家为改善农民"看病难、看病贵"问题，从而构建和谐社会的重大方针政策。

一时间，乡民们弃锄抛篓，蜂拥而至，聚集在村头的晒坝上，搬出桌子和凳子，等待体检。医生们很认真，每检查一个人，都要耗费十来分钟时间。血压量了一次，还要再量一次；舌苔看了一遍，还要再看一遍。快临近中午了，才总共体检完二十来个人。有村民见医生累得满头大汗，匆匆跑回家，烧了开水提来，还给每个人煮了一碗荷包蛋。已经体检完的村民，早就回家取下灶房上的腊肉，又去菜地摘回新鲜蔬菜，为医生准备午餐了。

　　医生们在村民家里吃罢可口的午饭，还躺在床上睡了个午觉，才伸伸懒腰，跑到晒坝上继续为村民体检。体检一直持续到下午四点。医生见时间差不多了，便开始马虎起来，两三分钟就检查完一个人。检查结果，是百分之九十九的人都有毛病，而且，有的病情还相当严重。这可把村民们吓坏了。医生说："你们的病得赶紧治疗，晚了，就不好办了。"村民说："我们哪有钱去医院看病啊？"医生沉默半晌，故意看看四周，小声地说："我们带了一种特效药，对你们的病十分管用，只要坚持吃三个疗程，病就会痊愈。只是我们不敢私自卖给你们，否则，是违反规定的。"村民问："药多少钱一盒啊？"医生说："一疗程三盒，一盒100元。"村民们交头接耳，议论纷纷，一阵嚷嚷之后，有村民说："那干脆请医生同志行行好，卖几盒药给我们吧。你看我们这些没钱的可怜人，总不能在家等死吧？"医生互相看看，说："不行啊，违了规，我们要受处罚的。"村民说："只要我们不说，谁知道啊，你们就救救我们吧！"说着说着，就有村民跪下了。顷刻，所有的村民都跪下了。医生们见状，叹了口气说："乡亲们都起来，见你们如此真诚，那我们就冒次风险，把药卖给你们，但你们可千万别拿出去说啊！"村民们高兴坏了，争先跑回家拿钱来买药。不多一会儿，几大包药品即被抢购一空。医生们得鱼收网，套马挽缰，说："乡亲们，我们所带药品有限，已经售罄。不过，我们下个月还来，如有需要，到时再来买。"可他们一走，便销声匿迹，音信杳无了。

过了几天，有派出所的人来调查情况，村民们才知道上了当。他们花钱购买的所谓"特效药"，不过是用面粉搓成的丸子，外面裹了一层糖衣。

又一天，村里来了一个和尚，颈上挂一串佛珠，长髯飘飘，自称来自峨眉山，能用气功治病。村民们好奇，纷纷跑来围观，问这问那。和尚说："我云游至此，化缘建庙，受佛祖点化，专解众生疾病之苦。乡亲们若患有疑难杂症，久治不愈者，我皆可用气功使其痊愈。"说完，他从村民家里借来一个饭碗盖在地上。再找来一根绳子，将一块石头绑在一节方形木棍上端。然后，再将木棍下端放置在碗上面，而石头却不倒地。这一绝技让村民大开眼界，叹为观止，夸赞其神功盖世。

老干头患有肺气肿，吃了几年的药都不见效，每走一步路都上气不接下气。他一听村里来了气功大师，拄着拐棍就病病歪歪地来了，求生的本能使他把全部的希望都寄托在和尚身上。和尚上下打量了他一番，让他脱掉上衣，趴在一棵苦楝树上，然后开始发功。问："有啥感觉?"老干头咳嗽着说："烫……背上……发烫。"和尚双手一推，大吼一声，将一块类似膏药的东西贴在老干头背上。过了一分钟，他将粘贴取下，揭去上面一层，里面竟然是一口浓痰。和尚故意将浓痰递到围观者鼻前，一股恶臭弥漫开来，众人呕吐不止。和尚说："你们看看，这就是从他肺部吸出来的毒素。"

刹那间，村民们全都跪伏在地，请求大师发功治病。和尚说:"只发功不行,必须得配合使用我的"神贴"才管用。不论你得的啥病——大三阳、小三阳、类风湿、肺气肿、糖尿病、坐骨神经痛……只要将此物贴上,立马见效。"有村民问:"收钱吗?"和尚双手合十,念了一声阿弥陀佛:"出家人以慈悲为怀,神贴分文不取,若众施主想病早愈,保家人平安,出个功德便是。"当然,功德出得越多,效果会越好。

话毕,还未等村民反应过来,和尚已经在发功了。村民只好闭目接受治疗。随即,他散发给每个人几张神贴。接到神贴后,村民开始掏钱,有的五十元,有的一百元。和尚见状,口中念道:"功德无量,善哉善哉!"

和尚走后,村民将神贴拿回家供着,舍不得使用。实在病得不轻了,才愿意拿出一张来试贴。

村里的四喜在干活时摔断了腿,肿得像馒头,婆娘劝他去诊所包扎,四喜不肯去,偷偷拿出神贴贴上。几天过去,腿越肿越大,痛得他眼泪直流。婆娘说:"你再不去诊所,腿就残废了。"四喜说:"我这神贴比医生管用。"又过了几天,四喜见神贴还不见效,便揭下来撕开看——原来是张双面胶。

再一天,村里来了两个推销洗发水的人。他们自称是某厂家的直销人员,因厂家刚刚推出新产品,要扩大销路和影响力,专门下乡打广告的。两人的脖子上都挂着一串皂角,一到村里就喊叫开了:"来来来,买皂角洗发香波,买一送一,用了此种香波,让你白发转青,青丝变亮。"一个喊声刚停,另一个喊声又起："来来来,走一走,看一看,皂角香波最实在。看一看,走一走,头发柔得丝绸抖。洗了这种波,虱子不敢来做窝;用了这种水,虱子不敢来亲嘴……"

村民们被喊声吸引,通通跑出来欲探究竟。尤其是那些妇女们,天生爱美,又没钱购买洗发水。平常洗头,要么用肥皂,要么用洗衣粉,洗出的头发大都不够蓬松、光洁。而皂角她们无疑是听说过的,过去农村人洗头,都用这种东西。据说洗出的头发柔顺、飘逸,风一吹,一根一根像蚕吐的丝线,弹性很好。她们对传统的东西都是信得过的,比如擦脸用的霜,她们至今还喜欢用百雀羚,而对其他的擦脸霜产生拒斥。

推销者见村民前来咨询,知道机会来了,便利用三寸不烂之舌,鼓吹产品之好:"对一个女人来说,头发就是形象啊,脸嘴儿生得俊,全靠头发衬;要想水色好,头发不能像枯草。"两句话,说得村妇蠢蠢欲动。有人问:"多少钱一瓶?"答:"十块钱一瓶,买一瓶送一瓶。"村妇拿起一瓶左右看看,又拿到鼻前嗅嗅,果然香气袭人。不再多问,有人掏钱买了。开了头后,全村的妇女都跑来捡便宜。俄顷,一大包洗发香波便变成了钞票。

黑熊是黄杨村最讲究的男人,虽然衣服裤子总是脏兮兮的,但头发却从来都是油光可鉴。按照他的说法,头是男人尊严的象征,而头发则是头的精华所在。因此,他自编了一个顺口溜:头可断,血可流,头发不能没了润滑油。即使在连肥皂、洗衣粉都买不起的年代,黑熊的头发也从来没有凌乱过。每天傍晚,他都要削一节竹筒,插到一棵芭蕉树干上。第二天早晨,竹筒内便盛满了芭蕉油。黑熊起床后做的第一件事，便是取回竹筒，把芭蕉油倒出，抹到头发上，用梳子反复定型。只要他一出门，村里所有女人的目光都要朝着他放电。

或许是以前芭蕉油用多了，黑熊刚过三十岁，就开始掉发。四十岁不到，头发就只剩下面一圈了。远远看去，像冬瓜上生了一圈霉斑。自从秃顶后，黑熊在村妇眼中的形象直线下降。过去她们是恭维、崇拜他，如今却变成了嘲讽。村妇叉巴嘴向来油嘴滑舌，说话比男人还放得开。一次，她去堰塘洗衣服，正好碰到黑熊在钓鱼。她放下盆子，顺手捡起一块石子朝黑熊砸去："黑熊，你不是以前很雄吗？头发茂密得能当发火柴，怎么现在比我老公下面那毛还少？"黑熊骂一句："你个瓜婆娘。"想跑去扔她的洗衣盆，刚一起身，脚便踢翻了桶，钓的半桶鱼全部游回水里放了生。黑熊伸手抓桶，身子扑空，跟着栽进了水里。叉巴嘴站在岸边，笑得顿足弯腰。

事后，黑熊一直梦想自己的头发可以再生。他吃过很多药，终不见效。为此，他还大哭过几场。所以，当他闻听使用皂角洗发香波可以生发时，他无异于看到了黑暗中的一丝光亮。毫不犹豫，他一口气买了十瓶。

每天早晚，黑熊都要坚持用洗发水洗头。人家说了，必须天天洗，才见成效。每洗一次，黑熊的自信心就增加一倍。他想象头上的新发，正像发泡的豆芽般在往上冒。

一个星期过去，奇迹果真出现了——黑熊原本就不多的头发，掉得根儿都不剩。

麻将命案

　　曾几何时,"搓麻将"成了当下农村人唯一的娱乐方式。田地荒芜了,麻将事业却越来越兴旺。

　　在黄杨村,贺玉珍绝对称得上头号"麻将徒"。她每天匆忙吃过早饭,就会邀约农妇来家里搓麻将。而到她家里搓麻将的人,大多跟她情况差不多。都是专职带孙子的妇女。贺玉珍总共带着两个孙子。为了安心让丈夫和儿子儿媳在外打工挣钱,她主动承担起了照看孙子的责任。在农村,带孩子并没有城里那么复杂。只要一日三餐让其吃饱,不被冻着和摔跤,就万事大吉了。

　　因此,带孩子之余,"搓麻将"便成了贺玉珍的主要任务。

　　有好几次,我回黄杨村,听见贺玉珍家中麻将声嚯嚯。几个农妇围坐一桌,你一言,我一语,有时还会发生口角争执。但往往两分钟不到,又和好如初了。而那几个年龄在三四岁上下的小孩,则独自趴在地上玩耍。脸上糊得脏兮兮的,鼻涕像虫子一样。

贺玉珍的牌技真是差，赌运也差。每次打牌都是输，较少有赢的时候。越是输，手就越痒。兜里实在输得没钱了，她就打电话给丈夫和儿子，骗他们寄钱回家。

一次，贺玉珍赢钱心切，全副心思都花在了麻将桌上，却忘记了自己还有两个需要人照看的孙子。几个小时过去，直到午时将近，牌友们嚷着要回家做饭时，贺玉珍才猛然惊觉两个孙子不见了。吓慌了的贺玉珍在房屋周围四处寻找，仍不见人影。这时，一起搓麻将的农妇们也都紧张了起来，共同替贺玉珍寻找孙子。经过好半天工夫，农妇们才在古井边发现一只小鞋子。众人两股战战，都慌了神。待乡民帮忙将贺玉珍两个孙子的尸体打捞上来后，贺玉珍早已晕死过去。

贺玉珍的丈夫和儿子儿媳闻讯赶回家中，目睹如此惨剧，哭得死去活来。儿子儿媳要求贺玉珍归还儿子，贺玉珍跪在地上，捶胸顿足，悲伤得说不出话来。

当天深夜，贺玉珍实在不堪承受内心的重压，偷偷跑到屋后头，用一匹白布拴在苦楝树上吊死了。

一个月后，贺玉珍的儿子儿媳也离了婚。原本好端端的一个家，就这样散了。

后来，我听人说，麻将有一种玩法儿，叫作"血流成河"。

脑壳打铁

春耕前，王家禄到镇上买化肥。说是买，其实是赊。王家禄的婆娘死了几年了，他独自抚养在县城读高中的儿子，日子过得极为艰难。一年到头的积蓄，几乎都花在了儿子身上。所以，连买化肥都只能欠账。一直要等秋收后卖了粮食，才有钱偿还。

但这次与往年不同，王家禄去买化肥那天，捡到几百块钱，可谓喜从天降。当时，他刚走到化肥店门口，感觉脚下踩着个什么东西。低头一看，是个塑料袋。袋中叠着张报纸，里面是500块钱。王家禄见四周无人，迅速将钱藏进裤兜里。虽然心里煞是紧张，却故意装着没事一样。王家禄想，今年的化肥总算不用赊账了。

王家禄选好化肥，准备付款。手刚伸进裤兜，突然感觉被那几张钱币咬了一下，身上像有电流通过。沉思片刻，王家禄重又将手抽了出来，对卖化肥的人说："老规矩，赊账。"

从化肥店里出来，王家禄在离店不远处的一棵树底下坐定，抽出一支烟点燃。他想，掉钱之人一定也是前来购买化肥的。于是，他抽完一支烟，又点燃一支烟。时间慢慢地流逝，王家禄从上午坐到中午，又从中午坐到下午，可掉钱的人始终不曾出现。直到四点过后，才见有一个老大爷在化肥店前左右察看。王家禄忙上前询问，确认是失主，便将捡到的钱如数奉还。然后，心安理得地饿着肚皮回家去了。

王家禄扛着化肥到家时，太阳已经落山了。放假在家的儿子问王家禄迟回原因，王家禄将事情经过如实讲了一遍。

儿子听后，张嘴骂道："这年头，捡到东西谁还要还？你真是脑壳打铁。"

吴德全是个石匠，常年在外下苦力。一年 365 天都跟着包工头东奔西跑。有时到贵州，有时到万源，风里去雨里来，挣的都是血汗钱。

若遇到去比较远的地方施工，比如福建，或者广州等地，那就一年都难得回趟家了。吴德全的手艺好，这在雀舌镇是出了名的。故很多包工头都愿意请吴德全去干活。只要是吴德全带人修建的工程，没有老板不满意的。

但手艺好，付出劳动多的人，未必就能得到应得的报酬。那些包工头都是精明得不能再精明的人。工人干活的时候，巴不得他们二十四小时都不休息。不停地催促说："工程紧，大家辛苦辛苦，争取早日完工，我给大家加薪。"等工人没日没夜缩短工期完成任务后，包工头却百般搪塞，借口说款项尚未完全到位，工钱暂且缓一缓。

去年底，眼看春节临近。一年都没回过家的吴德全归乡心切，又苦于拿不到工钱。包工头一天拖一天。无奈之下，吴德全组织几个工人跑到工地上自尽。此举被当地一家媒体曝光后，吓坏了包工头。包工头被迫发放工钱，打发工人们回家过年。

吴德全拿到工钱后，喜不自禁。赶忙收拾东西回家。动身前夜，他怕工钱在途中被盗，只好把钱藏在裤裆里。再次数钱时，吴德全发现有两张新钱贴在一起，被包工头错数成一张了。于是，他连夜跑去见包工头。包工头见到吴德全，以为又发生了啥事，气不打一处来。待吴德全把多出的一百元钱还给包工头时，包工头半天没回过神来。

吴德全回到家里，把这事跟婆娘讲了。婆娘大骂："这年头，有好处不捞，你真是脑壳打铁。"

兄弟如手足，这话不假。

尤其在农村，兄弟多就是"王"，谁都不敢欺负。大凡遇到什么事，兄弟间也是精诚团结，一个鼻孔出气。有时明明输了道理，但占着人多，也要扳成赢道理。

黄杨村的一个王姓家庭生有儿子三个。这三兄弟都长得五大三粗、牛高马大。从小到大，这三人便在乡里穷凶极恶、横行霸道。村人见了就躲，像避瘟神样。

有一回，田大爷家的牛半夜挣脱缰绳，偷吃了王家地里的麦苗。翌日，天刚亮，王家三弟兄便拿刀舞棍，前来找田大爷讨说法。田大爷是个孤寡老人，见三人来势汹汹，欲兴师问罪，一直不停地说好话。这兄弟三人互相递个眼色，便冲进田大爷房中，将锅碗瓢盆砸个粉碎。田大爷上前阻挡，却被乱棍打残胳膊。最终，有村人出面，答应替田大爷赔偿王家50斤麦子，才算平息风波。

可见，兄弟多的人家，大都仗势欺人，有恃无恐。

吴贵青和吴贵华也是两兄弟。

这两弟兄自幼性格迥异，一个贪玩，一个好学。及至后来，贪玩的吴贵青注定只能当农民，一辈子在乡下种地。整天日晒雨淋，脸朝黄土背朝天。刚过不惑之年，看上去却像个50岁出头的人。而吴贵华就不同了。他通过勤奋读书，中师毕业后，在一个乡镇小学当教师。若这两兄弟站在一起，就像父子俩，差别是很明显的。

去年夏天，吴贵青在家里修池塘养鱼。池塘紧靠水井，全村的人都在这口井里挑水吃。鱼都是饲料养殖，日子稍长后，池塘里的腐蚀水慢慢地就渗透到了旁边的井里。致使井水发出一股腥臭，根本没法吃。村里人向吴贵青提出抗议，让他改造池塘。吴贵青担心断了财路，又不肯出资改建池塘，与乡亲们负隅顽抗。村民们无奈，只好通知吴贵华回来论理。吴贵华一回来，便把吴贵青骂了。并向乡亲们保证，他们将尽快将池塘的事处理好。

得到吴贵华的承诺，乡亲们才停止了抗议。

改造池塘时，吴贵青发誓，将从此断绝与吴贵华的兄弟关系。他咒骂："这年头，没见有兄弟胳膊肘朝外拐的，真是脑壳打铁。"

百草枯

接母亲到城市耍了三个月后，她毅然提出要回乡下去。母亲说，她一见到城里的高楼大厦就头晕，看到公路上川流不息的汽车就发呕。况且，她还说，城里连一块绿地都没有，即使公园里有人工规划出的草坪，可到底不比乡下的青山绿水，缺少一些"活气"。人住在城里，早晚要憋出毛病来。还不如趁早离开的好。

送母亲回村时，我千叮咛万嘱咐，让她别再干体力活儿，只要每顿饭吃饱就行了，生活费由我负责。作为父母唯一的儿子，这些年为讨生活，我常年在外奔波，最担心的就是他们的身体。

可与土地打了一辈子交道的母亲哪里闲得住。回乡不到一周，她就手痒了，非要下地干活，说种些蔬菜来自己吃。我劝说不住，便只好依从她。

田地荒芜久了，丛生的杂草没过膝盖。若要再种庄稼，无异于重新开次荒。我怕母亲身体吃不消，决心帮她除草，把地翻挖出来。可那些杂草根连根,顽固得很。一天下来,累得我筋疲力尽,可野草却仍旧无法刈除干净。母亲说,干脆你去镇上买几瓶百草枯回来,那家伙厉害,用喷雾器一喷,太阳一晒,再顽强的野草也会毙命。

母亲果然是有经验的农妇。我按照她的指示,买了几瓶百草枯回来,朝杂草一喷,两天之后,那些野草便奄奄一息,无力回春了。

但毒药终究是毒药,弄不好,也会要了人的命,酿出一幕幕人间悲剧。

黄杨村的王玉芬,跟她婆子妈之间长期感情不和,婆媳关系搞得很僵。王玉芬刚嫁过门时,原本也是个本分、善良的媳妇。持家理财很有一套方法。那时候,王玉芬的丈夫在镇上当补锅匠。补锅虽然挣不到几个钱,但到底可以帮补家用。王玉芬则在家里务农,孝顺公婆。把每顿饭煮好,先给公婆盛上一碗,她才动筷。而且,还经常帮公婆洗衣搓裤。村里人见了,都夸王玉芬能干,是个好媳妇。

几年之后,王玉芬的丈夫靠补锅,慢慢有了一些积蓄。恰逢那时镇上刚开辟了通往县城的公路。王玉芬与丈夫商量,让他再借点钱,去买一辆三轮车来拉客,比补锅强多了。丈夫采纳了王玉芬的意见。三轮车买回后,生意果然很好。又过了几年,王玉芬建议丈夫鸟枪换炮,把三轮车卖了,换成中巴车。就这样,在王玉芬的规划下,一家人的日子正在朝着康庄大道迈进,令全村人嫉妒得不行。

可人一旦有了钱之后,思想也就变了。

王玉芬的丈夫在跑车期间,跟镇上的一个女人勾搭上了。最开始,王玉芬丝毫没有察觉。渐渐地,丈夫不再理睬她。回到家,总是板着张脸,甚至拒绝跟她同房。如此一来,王玉芬意识到了事态的严重性。她暗地里开始跟踪丈夫。果不其然,一天中午,王玉芬在镇上洗车场后面的一间废弃的厂房里,逮住了正在偷情的丈夫。

王玉芬又哭又闹,欲逼着丈夫离婚。但转念一想,内心又有些不舍。这个家毕竟是在她的指引下经营起来的。她不能功亏一篑。无奈之下,她将丈夫的不义之举告诉公婆,希望借助他们的力量,规劝丈夫回心转意。哪晓得公婆却一心向着儿子,并编造些理由为儿子开脱罪责。王玉芬绝望之下,决心与丈夫一家斗争到底。哪怕鱼死网破,也在所不惜。

她先从公婆入手,不再给他们洗衣裤,不再给他们煮饭吃。每天只要自己吃饱了,就抄着手,去村里闲逛,或者跑到镇上去搓麻将。也不管孩子的死活,将之丢给公婆照看就是。久而久之,公婆听说王玉芬也在镇上勾搭上了一个男人。那男的很有钱,是个土老肥。

公婆将王玉芬出轨之事告诉了儿子。王玉芬的丈夫一回家,就对其拳打脚踢,还把王玉芬的眼睛戳瞎一只。

自从王玉芬遭受家庭暴力后,一直耿耿于怀,她恨透了丈夫一家。去年中秋节,王玉芬一反常态。从镇上买回鸡鸭鱼肉,做了一桌香喷喷的饭菜。她想最后让全家人团一次圆。

谁知,午时刚过,村里即传出噩耗。王玉芬一家老小全部中毒身亡。后经法医验尸,毒药为"百草枯"。

　　王玉芬的丈夫是唯一的幸存者,因他那天去情妇家过节去了,并未回家吃饭,才侥幸躲过一劫。

木匠斩

张光明做了一辈子木匠,在黄杨村是很受人尊重的。可以这样说,黄杨村的每户人家里,都有张光明打制的家具。无论是他打制的桌椅板凳,还是木床风车,耐用不说,关键是耐看。那些原本粗糙的木料,经他接榫斗铆后,都变成了"工艺品"。

在乡下,老人们都有提前为自己打制棺材的风俗。张光明自然也就成了匠人中的首要人选。在老人眼里,张光明的手艺是他们所信赖的。因此,张光明为村里的无数人打制过棺材。他是黄杨村的一部"活字典",见过无数悲欢离合,生离死别。

我爷爷的棺材就是请张光明打制的。那时,爷爷病重,他预感自己来日无多,点名要请张光明制作棺材。爷爷说,他能够在临死之前,亲眼看到死后居住的"房子",也算心安了。

张光明同我爷爷私交甚笃。我爷爷曾干过石匠的差事,他们年龄差距虽然较大,但同是手艺人,难免惺惺相惜。张光明佩服我爷爷的石匠活儿做得漂亮,我爷爷称赞张光明有做木工的天赋。他们作为农村不可或缺的石木二匠,常在一起替人修房造屋,称得上是一对"黄金搭档"。

因之,当爷爷邀请张光明打制棺材时,张光明很爽快地答应了。据张光明后来说,他替我爷爷打制的棺材,是全村最好的。用的材料都是上等的柏木。若照平常那样打制一口棺材,最多用一个星期时间足够。但张光明在替我爷爷打制棺材时,整整花去了半个月时间。棺材打制好后,刷过几遍漆,放在柴房里阴干。待到"圆盖"的日子,抬到院坝里一亮相,全村的人无不啧啧称赞。

爷爷对张光明造的"房屋"甚为满意。"圆盖"那天,他盯住那口棺材凝视良久,眼里闪动着泪花。张光明看见爷爷的反应,内心颇为伤感。临走的时候,他拉住爷爷的双手,却说不出一句话来。但他那脸上流露出来的表情,却分明是一个匠人对另一个匠人的惋惜。

除了打制棺材,张光明制作最多的家具,便是姑娘们的嫁奁。

凡是村里有人嫁闺女,就够张光明忙活的了。提前一个月,他就要去嫁女的人家制作家具。衣柜、饭桌、箱子、脚盆……该有的陪嫁都要有。父母养大一个女儿不容易,如今要到别人家的锅里煮饭吃了,心中万分难舍。故即使再困难的家庭,想方设法也要将姑娘的嫁奁置办齐全。不能让邻居看笑话,更不能亏待了闺女。

张光明懂得家长们的心思,在做家具时特别用心。该用刨子推光滑的地方，一定要推光滑；该合缝的地方，也一定要严丝合缝，不能有丝毫马虎。待嫁的姑娘看到自己的嫁奁一件件成型，脸上露出无限喜悦。

出嫁的时候，鞭炮炸响，唢呐齐鸣。当迎亲的队伍抬着张光明打制的嫁奁，从这个村串到那个村时，一路上都是跟出来看热闹的乡邻。那鲜红的，透着喜气的家具，既为娘家人挣了光，也为婆家人挣了光。

大前年，我在县城里买了商品房。因家中藏书太多，一直想买几个书柜。但跑了很多家具店，都没找到合适的。那种专供城里人买回去摆几本书做做样子的书柜，不是我想要的。万般无奈，我想起了乡下的张光明。便托人带话，请他来城里给我做书架。

张光明来后，我让他量了尺寸，并说了书柜要求。却不想让他犯难了。他平时在乡下做木工，用的原材料都是实木的(他使用的那些工具也只适合实木)。可城市里不好找实木，从乡下运来，成本又高。不得已，我只好买回一堆"木工板"，让他试着做。几天过去，张光明灰心地跟我说，他实在做不了这些东西，让我另请高人。他的手拉锯子，只要朝木工板上一锯，就破了，因而浪费了很多原材料。张光明临走时，我付工钱给他，他坚持不收。说："我浪费了你这么多材料，哪还好意思收钱。"

后来，我从建筑工地请回来一个木匠。他抬来一台机器，半天工夫，就将材料准备齐了。那些用电锯切割的木料，既平整，又光滑。很快，电工木匠就按照我的要求将书架制好了。付账时，木匠收了我1000元劳工费。我问为何如此昂贵？他说，机器也要算一个人的工钱。一个人每天的工钱为500元，加上机器磨损费，总共是1000元，我愕然。

前不久，我回乡探亲，看到已经垂垂老矣的张光明。他早已不再做木匠了。我递上支烟，便坐下来跟他闲扯。我问："现在还有人找你做木工吗？"张光明说："早没了，村人们都习惯了到镇上的家具店去买家具，便宜，又耐看。用坏了，重新买就是。"他在说这话时，脸上有一种凄楚的神色。

但我发现他家里放着一堆刚推刨出的木料，我问："你这是在给谁做家具？"他说："还有谁，我自己的棺材。"继而，他说："干了一辈子木匠，我只放心自己做的东西。睡别人做的'盒子'，我死不瞑目。"

从他家离开时，我瞥见堂屋的立柜上放着一个"小棺材"，只有一个抽屉那么大。用一张塑料纸盖着，非常精致。我好奇地问："这个拿来干啥？"张光明沉默片刻后回答："安放我那套行头的。"

摆渡人

火炉子是个摆渡的。

黄杨村地处丘陵,进出不是爬坡,就是上坎。且山下被一条河流环绕,平时要出村,去镇上购化肥,称盐买油,割肉打酒,都必须坐船。否则,有腿无路,便只能望洋兴叹了。

过去,地贫人穷,本村的人都制不起船只,过河只好坐其他村的船。有时,其他村的人忙,又嫌我们村的人坐船给钱少,都不愿意载我们村的人过河。倘遇到谁家有急事,需到镇上去,可恰好又没有船只,那情形,简直能把人逼疯。故本村的小伙子,大多娶不到婆娘。有哪家的姑娘,愿意嫁到这个倒霉的村子里来呢。

自从火炉子制了条船后,我们村的人进出才方便多了。人人都说,火炉子是在行善积德。

火炉子制船,缘于他母亲去世对他造成的伤害和打击。那次,他七十岁高龄的母亲生病,需及时到镇上的医院进行抢救。

他汗流浃背地把母亲背到河边，足足等了一个多小时，就是不见有船只出现。他急得眼泪直流，而背上的母亲已经奄奄一息。当火炉子终于等到有船来的时候，可一切都晚了。母亲已趴在他的背上，痛苦地死去。

事后，火炉子痛定思痛，发誓要制一条船，来改变村里人"有脚无路"的状况。他花了大半年时间，去山林里砍来柏木，去皮、晒干、下料，又买来钉子，亲自打制了一只船。

从此，火炉子便成了职业摆渡人。

村子里的人，每过一次河，给火炉子五毛钱。火炉子也不嫌少，他说："我制船的目的，本来就是方便村人的，不图钱财。"

记得我们到镇上读初中那几年，全靠火炉子的船载我们过河。特别是冬天，路途远，我们六点钟就要起床，打着电筒赶路。风像刀子一样，割着我们的耳朵。当我们走到河边的时候，火炉子早就蹲在船上等我们了。他总是穿一件打着补丁的棉袄，下身只穿一条单裤。河面风大，风一吹，他就缩着脖子，周身都在颤抖。清鼻涕像两条虫子，挂在他的鼻孔上。我们既感到好笑，又觉得心酸。要不是为了送我们过河，他还在被窝里暖着呢。

火炉子四十多岁了，还没讨到女人。

他那两个外出打工的弟弟，曾劝他不要再摆渡了，跟他们一起出去打工。说摆渡既找不到钱，把人也磨老了。到头来，终是一场空。可火炉子脾气犟，不听两个弟弟的劝告，仍旧每天都去摆渡。为此，他们胞弟之间，差一点反目成仇。后来，他的两个弟弟，也就不再管他了。

火炉子倒不是没谈过对象,村里好心的大婶,曾先后给他介绍过几个女人。但对方一听是个摆渡的,一没有钱,二没有一个像样的家,都摇摇头,走了。火炉子伤了心,曾暗自起誓:今生不再成家,靠摆渡了此一生。

村里人都离不开火炉子了。

农忙的时候,村里人都请火炉子前去帮忙抢收,每天付给他工钱。火炉子干活很卖力,不怕苦,也不怕累。雇他的人,都很喜欢他。有的家里人手少,忙不开,要去镇上买化肥,就直接把钱交给火炉子。用他的船载过河,又请他扛上坡。完了,给他几块钱。火炉子也乐于干这种差事,算是找点外快。

遇到上了年龄的人,或小孩子要过河,火炉子会不收他们的钱。即使不是老人或孩子,倘过河的人身上忘了带钱,或没有零钱,他也会挥挥手,嘴里不停地说:"算了,算了,下回给,下回给。"

可火炉子最终还是没能靠摆渡过完一生。

他的两个弟弟不忍心看他就这样平淡地走过下半辈子,托人在镇上给他物色了一个女人。那个女人丧偶,有两个子女,但都不在自己身边。女方同意火炉子入赘到她家,共同生活,相伴终生。

这次,火炉子没有拒绝两个弟弟的好意。他把那只船送给了村里另一户人家,一个人去了镇上,做了那个女人的男人。

火炉子走那天,村里人都去送他。有些不舍,但又替他高兴,祝贺他总算有了个家。

可谁也没有料到,火炉子到镇上的第二天,竟传回他去世的噩耗。

村里的人都不敢相信,但事实又让人不得不信。

火炉子死在他新婚的床上。

假正经

张天灯的儿子张仁在外面发了财，是个标准的土豪，天天带着一个年轻貌美的女子，开着宝马车东游西荡。张仁以前是个穷小子，一年四季都只穿一套衣裤，这面穿了，又翻过来穿那面。头发长得遮住了脖颈，一绺一绺，油光光的，像刚从溺水里捞出来的水草。只要你迎面与他撞上，隔多远，就有一股难闻的臭味扑鼻而来，让你的胃翻江倒海，想吐又吐不出来。

但自从他二十岁时，跟着一个老板去了康定后，命运便发生了转机。仿佛一夜之间，他就脱胎换骨，变得人模狗样起来了。至于他到底是如何发迹的，没有人知道，只隐约听说他贩卖过粮食，偷运过木材，挖过虫草和藏红花；也有人说，他是替一个偷税漏税的老板背了黑锅，坐了几年牢，出来后，老板给了他一大笔钱；还有人说，他参与了地方上的黑恶势力，到处抢砸掠夺，虽然被人追得睡棺材，蹲砖窑，还被打断了一根脚趾和一根肋骨，但最终还是捞到了"金银珠宝"。

当然，这些都是江湖传言，得不到确切的证实。每当有人问起张仁的发家史时，他总是讳莫如深，犹抱琵琶半遮面。但不管怎么说，张仁现在有钱了。有钱就是硬道理，至于钱的来路，是没有人会去翻老底，穷究不舍的。

张仁每次回黄杨村，都有人主动去拍他的马屁。这样做的结果，是张仁一旦高兴了，就会掏出钱夹，扔给奉承者几百块钱。谢疤子是马屁拍得最凶的一个，只要一见到张仁，就扯起喉咙大喊："哎呀，张老板又回来了啊，你真是神仙下凡啊。你小的时候，我就看出你与别的孩子不一样。你看你的眼，你看你的眉，还有你的耳朵和鼻子，跟菩萨一模一样……"吼声犹如一个高音喇叭，全村的人都听得见。张仁一听到谢疤子的夸赞，喜上眉梢，快速掏出几百块钱扔过去。谢疤子吼声越响亮，张仁出手就越大方。有回谢疤子在声嘶力竭地拍马屁时，由于用力过猛，把喉管扯出了血丝，发炎说不出话来。他把张仁扔的几百块钱全部拿去吃了药，都没医治好，还倒贴了一节。有人讥讽他："谢疤子，都说拍马屁的目的是为了骑马，你咋不但马没骑到，反而被弄成了哑巴啊。"谢疤子血红着双眼，用手指着对方，却咿咿唔唔一个字都说不出来。

别看张仁平时花钱大手大脚，为人处世独断专横，却是一个地道的大孝子。他之所以回村，主要是看望张天灯的。自他母亲前些年去世后，他曾多次要求接张天灯进城一起住，可老头不同意，说他在乡下生活了一辈子，不愿意挪窝。张仁劝说不动，只好时不时给他送些钱回去，顺便买点营养副食品。

去年十月，张天灯在家摔了一跤，造成左脚踝骨折。张仁强行将他送到县医院住院治疗，康复后，就再没让他回乡下。因张仁大多数时间不在家，张天灯嫌一个人关在楼里寂寞，便早晚跑到小区去看人下象棋。有时，还会去河边的公园找人喝茶、聊天。时间长了，张天灯在城里结识了不少朋友。他经常约朋友到家里来耍，好酒好肉招待。即使耍到夜里十点多钟，还不肯散去。大家都喜欢张天灯的耿直和豪爽。要是遇到朋友们有事，不能陪他，他便躺在沙发上放碟片看，看完一个碟，又放第二个碟。

　　一天夜里，张仁喝了酒，醉醺醺地回来，郑重其事地跟张天灯说："爸，你看妈都走了几年了，你要是寂寞，平时就到洗脚城去洗洗脚，按摩按摩嘛。"张天灯一听，怒了："你都在说些啥，有儿子跟老子这么说话的吗？害不害臊啊？"张仁停顿了片刻，起身跑去张天灯睡觉的房间，从枕头底下摸出一摞光盘，递给张天灯说："你就不要假装正经了，别以为我不晓得，这是啥啊？"张天灯的脸一下就红了，低埋着头，再也不说话。那一摞光盘，全都是些带颜色的毛片。

　　后来，张天灯果然就在儿子的安排下，去了一家洗脚城。张仁跟洗脚城打了招呼，家父每个月随时可以进去消费，由他来按月结账。并一再嘱托，让服务员把老头儿陪好，钱不是问题。

　　开头几个月，张天灯最多消费几百块钱。张仁月底去结账时，都感叹父亲为他节约。可有一次，张天灯的月消费金额竟然达到了三千多块钱。张仁结完账后，回去责问他："爸，你前几个月都只消费了几百块钱,为啥这个月却消费了这么多啊?"张天灯沉默半晌,慢腾腾地说:"爸爸进城这么久了,就没有几个铁哥们儿吗?做人嘛,不能那么自私。当你孤独寂寞时,人家陪你。现在有了好事,你不能不让人家分享。"

张仁顿时傻了。

路边棚屋

最近几次回村,看见船码头旁的一块空地上,竟莫名其妙地多出一座棚屋来。棚屋墙面,全是用竹子编织的。屋顶则是采用晒干后的芭茅草盖的。远远看去,寒酸中,却又透出一股子闲适气,有点像古代辞官归隐后的文人居所。

但这不过是我的假想。我深知,在我故乡这个荒寒之地,是不会有文人雅士前来定居的。即便真有,也不至于把居所选在这个破败、肮脏的船码头上。

回家向母亲打听,才知道棚屋里住的,是村中的鲁大麻子。

鲁大麻子是雀舌镇著名的懒汉。懒到何种程度,借用村人的话——懒得烧虱子吃。

从小到大,鲁大麻子都是衣来伸手,饭来张口,什么事情都不干。每天睡到日上三竿,才磨磨蹭蹭地从床上爬起。起床的第一句话,便是问他母亲:"妈,饭煮熟了吗?"他母亲也不生气,转身去灶房端来一碗热腾腾的白米饭,外加一碟泡菜。鲁大麻子几口将饭菜咽下肚后,撩起衣袖,抹抹嘴,优哉游哉跑去村头晒太阳,或者去池塘钓鱼去了。

鲁大麻子是个老幺儿,他母亲在四十岁时,才生下他。在此之前,他父母结婚二十几年,一直未孕。为此,两口子经常打架,摔碗砸缸,搞得家里鸡犬不宁,让村里人看了不少笑话。

打骂之后,待脑子清醒过来,两口子便四处延医问药,一门心思用在如何怀孩子上。他们为"香火"之事,跑过不少地方。只要听说哪家医院能治不孕不育,即使忍饥挨饿,跋山涉水,也要跑去求治。二十多年来,他们花了不少钱,可谓砸锅卖铁,家徒四壁。

后来,一个走村串巷的江湖郎中路过村里,遇雷雨去他们家投宿。夫妻俩向其诉苦,郎中见二人心眼儿好,为人本分、良善,便赐一单方。让其照方抓药,并告知他们,若夫妻共同坚持服药半年,必得贵子。

果不其然,一年半后,鲁大麻子便从他母亲的肚腹内呱呱坠地。

这个儿子得来实属不易。因此,鲁大麻子从小便被父母娇生惯养。含在嘴里怕化了,捧在手心怕烫了。及至后来,鲁大麻子便成了个名副其实的懒汉。

但渐渐地,父母开始替他担心起来。随着马齿徒增,他们预感自己来日无多。倘若他们一闭眼,鲁大麻子就只有讨口了。

这种担心并非多余,数年之后,当鲁大麻子父母双亡,他便被迫流窜到了镇上,靠捡垃圾过活。发展到后来,竟从捡变成了偷。一次,他翻墙去偷人家厨房里的馒头,被人发现打折了腿。扭送到派出所后,被遣回了原村。

回村后的鲁大麻子全身都是病,整天躺在床上呻吟。有村人见其可怜,便给他出了个主意。替他在船码头上搭了个棚屋,让他搬到棚屋去住。理由是船码头乃进出村的必经之地。那时,镇政府对农村工作抓得紧,三天两头便有驻村干部下来检查工作。他们希望那些干部在看到鲁大麻子的惨景后,能够心生怜悯,为其安顿余生。

鲁大麻子懒惰了大半生,当火石落到脚背上的时候,他反倒变得聪明了。只要看见棚屋外有驻村干部路过,他就躲在屋内妈一声娘一声地叫。叫声极为凄惨,把整个船码头都喊得苍凉。

然而,没有一个驻村干部愿意理睬鲁大麻子。他们对鲁大麻子的棚屋视而不见。鲁大麻子见自己的愿望落空,知道无论怎么喊叫都不管用,也就不再喊叫了。整天躺在棚屋里,闭门不出,跟冬眠似的。

去年腊月,连续下了几场大雨,气温骤降,划船的人也都收了桨,回家烤火去了。待雨过天晴,有人见棚屋内毫无动静,推门进去一看,鲁大麻子早已冻死在木板上。

山野性事

吴德泽是个修收音机的。

那个年代,买得起电视机的人家还比较罕见,而收音机却早已在大街小巷,乃至偏僻山野大肆流行。无论是街边的茶馆里,还是村头的墙根下,随处可见手拿收音机专注收听的人。那个立着一根长长天线的方盒子,通过无线电波,把世界缩小了。它改变了人们的生活方式,也更新了人们的思想观念。拥有一台收音机,成了那时很多人的梦想。因此,各大百货公司经常刮起抢购收音机的风潮,那种供不应求的局面,丝毫不亚于如今那些天不亮就扛着板凳排队购买苹果手机的人。

但任何产品一旦畅销,质量大都难以保证。就拿收音机来说,经常会出故障,你正听到关键处,突然一下没了声音。听者急了,朝收音机使劲儿地拍,几分钟过去,当声音再次响起,节目刚好收尾。因此,能够修理收音机的人,在当时是很吃香的,也很受人尊重。倘若有姑娘嫁人,电器维修工一定是首选。

要说,吴德泽并未专门学过家电维修。他从扫盲班结业后,一直赋闲在家。后来,或许是他觉得不能浪荡一辈子,总得找个事做,就跑去新华书店买回两本家电维修的书,开始钻研起修理来。吴德泽还真有几分天赋,一段时间过去,凭借自学,他基本掌握了家电维修技术。他修理的第一台收音机,是村里老王头的。据说,那是一台老掉牙的机子,老王头拿到街上找了几处地方修理,都未能修好。可唯独吴德泽歪打正着,却将它修复如初了,这使得他从此名声大噪。

有了成功修理的经验,吴德泽开始正式从事家电修理行业。他自制了一张小方桌,每天扛着它四处摆摊设点。凡逢周边乡场赶集,路途再远,他都要跑去。由于技术过关,收费合理,众多乡民都愿意把收音机拿给他修。若是他哪天因故未出来摆摊,村民就是把坏机器重新带回去,也要等到他下次赶集时才肯拿出来修理。

一天,吴德泽感冒了,头疼咳嗽,躲在家里闷头睡觉。他正睡得迷迷糊糊,忽听得屋外有人叫喊。下床开门一看,原来是红星大队的黄寡妇,特意请他去家里修收音机。吴德泽说:"我今天不舒服,改天给你修吧。"黄寡妇说:"我儿子吵着要听,纠缠我老半天了,哭得跟号丧似的,麻烦你帮忙修修吧。吴德泽是个很有奉献精神的人,心想干一行爱一行,人家有需求,不能因为自己生病,就推脱不去吧。于是,他提起工具包,晕晕乎乎地就跟着黄寡妇走了。

黄寡妇的老公去世几年了,家中只有一个读小学的儿子。

小孩一见修收音机的来了,高兴得手舞足蹈。吴德泽每撤掉一颗螺丝钉,他都围着问这问那。小孩问:"为啥收音机里有人说话却不见人呢?"吴德泽摸摸他的脸说:"他们怕说错了话,出来讨打。"黄寡妇便在旁边呵呵地笑。笑着笑着,口水便流了出来。吴德泽一回头,见黄寡妇始终在盯着他看,看得他脸上火辣辣的。吴德泽迅速低下头,认真检查故障。这时,黄寡妇掏出几张钱递给儿子说:"去,到镇上割一斤肉回来,招待你吴叔叔,剩余的就给你买糖吃。"儿子一听,接过钱兴奋地朝镇上跑去。

儿子刚出门,黄寡妇顺手就把门关上了。吴德泽一惊:"你干啥?开……"话未说完,黄寡妇早已扑在吴德泽身上,双手死死箍住他的腰。吴德泽想奋力挣脱,却越挣扎腿越软,周身像着了火。不多一会儿,两人便像两条蛇一样缠在了一起,撤下的收音机零件散落一地。

吴德泽从黄寡妇家出来,像一只受到惊吓的猫,急匆匆地朝自己家里奔,工具包都忘了拿。说也奇怪,他回到家后,感冒居然好了,头不疼,也不咳嗽了。那天过后,吴德泽便隔三岔五朝黄寡妇家里跑,有时是傍晚,有时是深夜。虽然,他那时还未及弱冠,比黄寡妇小十岁。

世上没有不透风的墙,时间久了,村里人对此事议论纷纷。吴德泽的父母为挽回颜面,托人正儿八经给他娶了一个婆娘。可结婚第二天,吴德泽又偷偷地摸到黄寡妇屋里去了,把他父母气得吐血。

婆娘见吴德泽对黄寡妇痴心不改,嘴也吵过,架也打过,他就是浪子不回头。半年之后，婆娘终于断绝了与吴德泽之间的关系，另外嫁了人，听说还是一个乡镇干部。

如今，三十几年过去，吴德泽早已不修收音机了。再说，随着时代的更迭，收音机也早已退出了历史舞台。自从婆娘走后，吴德泽就再没结过婚，而是做了一个本本分分的农民，每天日出而作，日落而息。倘若干活累了的时候，他就坐在田坎上，掏出那个被他珍藏了几十年的收音机看看——那是当年黄寡妇送给他的。

据村里人说，吴德泽离婚后，迫于舆论压力，黄寡妇也断绝了与他的交往。及至后来，黄寡妇的儿子大学毕业参加了工作，她就被儿子接去一同生活。可去年的一天，村里发生了一桩命案——年近花甲的黄寡妇死在单身汉吴德泽的家中。经过警方调查，黄寡妇是在与吴德泽偷欢时，突发心肌梗死死亡。黄寡妇的儿子回乡处理母亲后事，遭到全村人的嘲笑。她儿子说："我母亲只说自己多年未回乡下了，想回去看看。人老了，再不回去瞧瞧，就来不及了。却不想，她竟做出这等丑事。"

案发后，吴德泽作为犯罪嫌疑人，被警方带回做笔录。

警方："她来你家里干啥？"

吴德泽："听收音机。"

警方："那为什么会睡到床上去了？"

吴德泽："三十年前就是这样睡的。"

警方："那三十年后还睡？"

吴德泽："不睡，对不起人。"

警方:"你胡说八道!"

吴德泽:"对,做人嘛,必须得厚道。"

…………

新婚寿衣

　　老莫打了半辈子光棍,五十四岁时,才讨到一个婆娘。名叫黄大琼,本村人,四十七岁,前年死了老公。

　　黄大琼的老公是吃耗子药死的。此人生前性格刚硬,气性陡,遇事急躁,一句话不对,就肝火大动。前年春季的一天,气温和暖,紫阳高照,黄大琼的老公见是个干活的好天气,吃罢早饭,便催促儿子跟他一起去平秧田。谁知,平时懒觉睡惯了的儿子,正跟儿媳在床上缠绵,偷享良辰春宵。任凭黄大琼的老公喊破喉咙,儿子就是不出声。他顿时火冒三丈,从地上捡起一块砖头就朝房门上砸,还用肩膀撞。儿媳听见公公在门外咆哮,翻身下床,一把抽掉门闩,门吱呀一声打开,公公正好撞在她裸露的胸部上。媳妇急了,顺手甩出一个响亮的耳光:"老东西,你想干啥?非礼吗?还要不要人活啊?"公公见儿媳只穿条内裤站在面前,立马背过身去,捧着脸说:"作孽啊,作孽啊。"这时,儿子野狗一样从房里冲出来,朝父亲猛推一掌:"老不死的,你真是为老不尊,为老不尊啊!"骂着骂着,父子俩便扭打了起来。儿子扬言要跟他断绝父子关系,气得父亲喉结颤抖。午时不到,黄大琼就在牛圈里发现了老公的尸体。

老公死后,黄大琼在村里一直没脸见人。有关他们家的丑闻,蜜蜂般嗡嗡嗡地在村子里传播,说他家上梁不正下梁歪。黄大琼的儿子儿媳承受不了乡民们的冷嘲热讽,只好背井离乡,躲到海南打工去了。

俗话说,寡妇门前是非多。自从黄大琼守寡以来,村里有三个男人在打她的主意。除老莫外,还有老亮和老金。他们年龄相差不大,都是单身汉。三人就像三只偷腥的猫,成天在黄大琼屋前屋后转来转去。老亮长着一口龅牙,一见到黄大琼,就嘿嘿地笑。露出的牙齿,像零乱的石榴籽,让人头皮发麻。老金是天生的兔唇,即使闭口不语,也会露出两瓣黄黄的上门牙。阳光一照,不仔细看,还以为他在牙齿上镶了金。只有老莫五官稍微周正些,但左脚患有痛风,小腿肚上的血管疙疙瘩瘩,像一条条蚯蚓。走起路来,一瘸一拐,好似刚刚被狗咬了。

要说,在黄大琼眼里,这三个人她都瞧不起。年轻时,她曾是村里的一朵花,让全村的男人神魂颠倒,垂涎欲滴,茶饭不思。有不少身躯伟岸、勤劳憨厚的男人去苦苦追求她,她连看都不看人家一眼。她的志向,是嫁到城里去,告别与泥巴、汗水为伍的日子。若不是她死去的老公,有一次在运粮途中,把她拖进油菜地里强暴了,她也不会委身于他,将自己这只天鹅,喂进了癞蛤蟆的口。

故即便她现在年近五十,花容失色,脸上布满了生活的风霜,却仍旧透露出几分女人的风韵。要不是她如今家庭变故,哪轮得到这三个歪瓜裂枣前来骚扰。

为讨黄大琼欢心,三个老男人互相耍手段,争风吃醋,闹到有你无我,有我无你的地步。老亮隔三岔五,就要跑去河里网几条鱼送去;老金是三人中经济条件最好的,凡逢赶场天,他除了割一块肉提去外,偶尔还要买一件衣裳,或一条裤子;老莫最无用,没钱买东西,只能抽空去帮忙劈劈柴,挑挑水。黄大琼对三个人既不表现出过分热情,也不表现出过分冷淡。无论谁给他东西,她都不拒绝,一一笑纳。

一段时间过去,三个男人见黄大琼对谁都差不多,猜不透她心里到底喜欢谁,这让他们伤透了脑筋。他们想,再这样耗下去,终究不是办法。弄不好,到头来三人都是空欢喜一场。于是,他们约在一起商议,必须要求黄大琼表个态。老金说:"咱们先把话挑明,不管黄大琼选择跟谁,我们都尊重结果,不能扔乱石头。"老亮说:"那当然,反正大家每次送东西去,都上床搞了的。"唯独老莫蹲在一旁抽闷烟,一声不吭。

黄大琼见三个男人步步紧逼,不再好糊弄,是该做出决定的时候了。况且,她在村里已经名声扫地,也需要找个男人来帮扶着过日子。为公平起见,不得罪人,她采取抓阄的方式,来决定到底跟谁。

抓阄那天,三个男人都在场,黄大琼说:"三位大哥,你们对我都不薄,但我只能嫁给你们中的一个。不论我抓到谁,都有负于另外两个，但愿你们不要怄气，如果有下辈子，我再嫁给另外两个吧。"老亮在一旁插嘴："可下辈子还是只能嫁一个啊。"老金瞪了老亮一眼，老亮也就再不吭声。黄大琼接着说："我分别在纸上写了莫、亮、金三个字，都是你们的名，抽到谁是谁。"说完，将三张折叠好的纸条摊在手掌心，递到三人面前："需要检查一下吗？"三人你看我一眼，我看你一眼。然后，异口同声地说："不必了。"黄大琼把纸条朝空中一抛，犹如三片白色花瓣落在地上。她闭着眼，顺手捡起一张，放在心口处贴了贴。这时，三人都屏住呼吸，目光死死地盯住那团纸。黄大琼睁开眼睛，慢慢将纸条展开，一个"莫"字赫然放大开来，撑圆了大家的眼眶。老亮和老金摇摇头，沮丧地转身走了。

老莫见二人走远，从地上站起来，紧紧握住黄大琼的手说："大……琼，这真是……上天的……安排啊！"黄大琼一下将他的手甩开，指着剩下的两张纸条说："你打开看看。"老莫颤抖着手，将两张纸条展平，上面居然都写着"莫"字。

老莫扑通一声跪在地上，泪如雨下。

事后，老莫问黄大琼：你为啥要这样做？黄大琼看他很认真，只能实话实说："在你们三个人中，唯独你没有碰过我。"

两人正式圆房前几天，老莫想给自己冲冲喜，专程跑去县城买回两件外衣。据说，他为了买这两件衣服，跛着脚，几乎跑遍了整个县城，才最终在一个地摊上，花去180块钱购得。

当他们穿上新衣，高兴地去民政局照结婚相时，才听照相的人说，这种衣服是城里人发丧时穿的孝衣。老莫怕不吉利，要求脱下衣服照，可黄大琼坚决不脱。照相师只好勉为其难给他们照了。

照片打印出来后，好奇的人都围拢来看。不想，照片上的老莫和黄大琼，笑得就像两朵绽放的花。就连照相师傅都说："我照了几十年的结婚相，都没看到过这么灿烂、迷人的笑容！"

临时电修工

　　每次回村，我都要临时扮演几天"电修工"的角色。

　　如今，无论在城市，还是在农村，要是缺了电，生活就会陷入瘫痪状态。就拿农村来说，有哪一样离得了电。煮饭有电饭锅，打米有脱粒机，抽水有潜水泵……就是平时给猪铡草料，也用上了铡草机。而这些现代工业设备，都是需要电的。因此，保证电路不出故障，也即保证了日常生活的正常运转。

　　可在农村，电路出现故障，却是常有的事情。倘遇到狂风暴雨天气，会导致竹子、树木等障碍物触碰电线造成短路。每年的雷雨季节，也总有不少人家的电器遭受雷击。遇到这种情况，村里的老人们就很苦恼。他们自身不懂电路，儿子儿媳又在外地打工。用他们自己的话说，那就只好当"睁眼瞎"了。

　　只要我一回村，他们就等于看到了希望。刚到家，屁股还没落凳，便有邻居跑来叫我去给他家查线路。每当如斯，我都毫不推辞。不但不推辞，还要故意表现出很热情，很乐意的态度。否则,他们会骂你"白眼狼",骂你数典忘祖。

黄杨村的每一个老人,我都不能得罪。他们都是我曾经的恩人。幼时,因为家穷,我没少给他们添麻烦。我至今还记得赵婶家铁锅里红薯的味道;记得蛮子大叔家那张木床上破棉絮发霉的味道;记得李子大爷偷偷塞给我的那一块钱上的臭汗味道……总之,在我人生遇到沟坎,最落魄,最无助,最需要扶助的时候,我的那些"父老乡亲"们,他们即使忍饥挨饿,紧勒裤带,也要向我伸出援助之手,扶危济困,解燃眉之急。

现在,他们需要我时,我不能坐视不管,不能昧良心。况且,我所能帮助他们的,也顶多不过接接电线,换个灯头罢了。

陈婆婆是经常来找我修理线路的人。他和老伴两人在家,年龄大了,做什么事都力不从心。他们一共生有两个儿子,都已年过三十,却没讨到媳妇。没有哪个姑娘愿意嫁到陈婆婆家来,说他们家穷得连虱子都不乐意去繁衍后代。几间瓦房,也是千疮百孔,大雨大漏,小雨小漏。为求生存,陈婆婆的大儿子跑到福建打工。一去就是十年,期间从未回过家。前年,福建那边传回消息,说她大儿子突发脑溢血,死在车间的流水线上。陈婆婆的二儿子,原本也在贵州打工。听说胞兄去世,担心父母悲伤过度出闪失,只好辞工回家,陪二老度日。去年秋天,有人体恤陈婆婆,便给她儿子说了门亲事。对方是位带着两个孩子的寡妇,在镇上有住房。唯一要求,是男方能倒插门。陈婆婆的二儿子起初不同意,说今生无论如何,都不愿跟父母分开。但后来,经过陈婆婆老两口规劝,他还是答应寡妇,上门组建新家庭去了,只留下陈婆婆和老伴相依为命。

每回为陈婆婆修完线路，她都留我吃饭。见我坚决推辞，临走时，她就会从屋里拿出几个鸡蛋塞给我，说："时常麻烦你，连水都没喝一口，怪不好意思的。"我一看见她拿出鸡蛋，撒腿就跑。陈婆婆追不上，待我走远了，她还站在院坝边说："怪不好意思的，怪不好意思的。"

李国福是另一个找我修线路最多的人。论辈分，我该称他为叔公了。平常，他也是一个人在家。他的儿子在贵阳打工，前几年，认识了一个本地姑娘，便在那边安了家。婚后不久，即生下一闺女。儿子儿媳想要个男孩，再生，还是个闺女。小两口不服气，还要继续生，发誓直到产下儿子为止。去年十月份，听说媳妇又怀上了，儿子便打电话回家，叫母亲去贵阳帮忙带孩子。

据李国福讲，他老伴去贵阳后，与儿媳不合，经常吵架。一吵架，他儿子就护着媳妇，把母亲气得吐血。他老伴偷偷在电话里哭诉，说早就想回乡了。但转念一想，又咬咬牙，忍受了下来。李国福说："有啥法啊，儿子不争气，当父母的也只好认命。"

李国福还有一个小女儿，初中毕业后，到重庆打工，结识了一个江西人。两人情投意合，便跟随那人跑了。她女儿嫁到江西整十年，小孩已经八岁了，却只回来看过他们两次。李国福说："你说养儿养女图个啥啊，像我，一个子女都靠不住。到了入土的年龄，却还在替他们操心。"

今年春节，我回乡下过年。李国福又来找我，说电视机坏了，无法换台，让我去看看。我去看了，电视机没有问题，是他自己没搞懂如何换台。现在农村家家户户都安装"卫星锅"。换台需要按接收器上的按钮(恰好他的接收器遥控板坏了),而李国福却只晓得去按电视机上的按钮,这自然没法换台。我教会他换台后问:"那你前段时间怎么看电视啊?"他说:"就只看一个频道,晚晚唱戏,唱得我都心烦了(那是个戏曲频道)。"我问:"看了多久?"他说:"一个多月。"

这让我想起关于李国福的另一件事来。村里刚开始通电用电灯那会儿,大家都觉得好奇。通电当晚,李国福煮晚饭时,他以为拉亮的灯泡,跟燃烧的火柴没啥区别,便绺了一团干谷草,拿到灯泡上去点,试图引火。点了半天,都没点燃,气得他大骂电灯不如火柴管用。第二天,李国福"拉灯点柴"的笑话,便在黄杨村传开了。后来,有人便给他取了个绰号:"李点灯"。

由于经常给村里人修理线路,他们对我产生了依赖。要是我长时间没回村,而他们家里的电器又出了故障,就会跑去问我母亲,打听我啥时候回去。

有一次,母亲在电话里跟我说,李国福问过她多少回了,说他家的电线老化起火,险些酿成火灾,叫我回村时,帮他换根电线。恰好那段时间单位改制,特别忙,我大概有四个多月没能回村。

后来的一天,我抽空专门买了电线回去,准备为李国福换线。可回到村里才知道,李国福已经去世了。他嫌没电不方便,夜夜黑灯瞎火的,便试着自己去换线。当他手拿剪刀刚刚夹住电线,即被电流击中。

李国福把电线当成麻绳了。

救命狗

三年前的一天，吴德中正在堂屋吃午饭，吃着吃着，忽听得厨房发出扑哧扑哧的响声。他丢下碗筷，跑去一看，原来是一条杂毛狗在偷吃桌上的一块肉。那狗全身脏兮兮的，左脚一跛一跛，像是被人打过。吴德中见状，抄起一根棍棒向狗砸去。狗受到惊吓，跛着脚从后门逃窜而去。

傍晚，吴德中干活回家，到厨房舀水洗手，刚一开后门，又见那条杂毛狗蹲在水缸旁，一动不动。赶它，不走；再赶，还是不走，只是眼泪汪汪盯着他看。吴德中心软了，从桌上端来一碗剩饭倒给它。狗起初不敢吃，待吴德中故意转身走开，它才埋下头把那碗饭舔得干干净净。

从此，这条杂毛狗，便找到了自己的主人，成了吴德中家里的一员。因其来历不明，故吴德中给它起了个名字：浪子。

浪子虽是条母狗，却比一般的公狗有血性。它白天黑夜都蹲守在院坝边的柴草堆上，一遇风吹草动，就狂吠不止。那副凶恶相,让过路的人胆战心惊。但每天只要吴德中一回家,隔多远,它就跑去迎接,摇头摆尾的,比人还亲热。有天晚上,一个小偷跑来家中盗窃,被浪子死死咬住小腿肚。小偷用木棍猛打,把它的头部打得鲜血直流,可浪子就是不松嘴。吴德中听到响声,迅速开门抓贼。小偷见事态紧急,大吼一声,用力将腿从浪子那铁钳似的嘴里拔出,活生生扯掉一块肉。浪子欲穷追不舍,被吴德中制止了。

有了这次经历,浪子的形象,一下子在吴德中眼中高大了许多,对它的感情也越来越深。吴德中本是个石匠,有时要去外面干活,几天都不能回家,他就会十分想念浪子。总要打电话给婆娘交代,让其把浪子照顾好。他婆娘一接电话,醋意大发,气愤地骂道:"到底是我重要,还是狗重要。难道在你眼中,我还不如一条狗吗?"吴德中只好把电话挂了,以防节外生枝。

吴德中的婆娘骂归骂,但对浪子同样是有感情的。即使吴德中不交代,她也不会亏待它。因为,浪子曾救过他们两口子的命。

那是去年的一天,天降大雨,吴德中夫妇欲去县城看望一个生病住院的亲戚。就在他们收拾起东西,锁上大门准备出发时,浪子疯了般从柴堆里蹿出来,用嘴扯住吴德中的裤管不放。不但不放,还跛着一只脚,使劲往回拉。吴德中的婆娘说:"狗能通灵,难道有事发生?"吴德中骂道:"胡扯,狗能知道啥?"说完,他踢了浪子一脚。浪子轻叫一声,又去拽他婆娘的裤腿,边拽边发出呜呜呜的低鸣。他婆娘心虚,说:"今天就不去了,宁可信其有,不可信其无。"果然,就在他们决定不去县城后一个小时不到,村里就传回消息,说有只渡船被水浪打翻,船上七人全部落水。要是他们那天去了,也难逃一劫。事后,吴德中夫妇对浪子感恩戴德。说浪子是上天专门派来保护他们的,是条吉祥狗。

可再吉祥的狗,也有不吉祥的时候。浪子最终还是被吴德中两口子给害了。

自从"跛狗救主"的事迹传播开后,浪子成了黄杨村的名狗。以前,村人们最讨厌浪子走路时的瘸腿模样。可现在看来却分外帅气,就连它撒尿的姿势,都那样惹人爱。

村长陈行虎觊觎浪子已经很久了。一天,他专门跑来吴德中家,说有要事商量。那会儿,正逢吴德中的儿子想去部队参军,体验都过了,就等着村长在政审表上签字盖章。见陈行虎拜访,吴德中喜笑颜开。为儿子的事,他求过村长几次了,章都没盖成。他正发愁没辙,却不想佛爷却主动找上门了。吴德中对村长毕恭毕敬,又是敬烟,又是让座。陈行虎倒很爽快,他没跟吴德中转弯抹角,吸一口烟,吐出一个烟圈后说:"中癞子,我儿媳妇正怀着身孕,你晓得啥?"吴德中点点头:"晓得的,晓得的,这么大的事,哪有不晓得的呢。"陈行虎说:"都说女人怀孕期间吃了刚产下的仔,肚里的娃会变胖、变聪明。既然你家浪子是"神狗",那孕妇要是吃了它产下的仔狗,娃岂不是会变得更加聪明吗?"吴德中一听,知道村长在打浪子刚产下的仔狗的主意,沉默不语。陈行虎见吴德中不说话,追问道:"你说是吗,中癞子?"吴德中嗫嚅着,这时,他婆娘在一旁递眼色,意思是要识时务。吴德中只好极不情愿地回答:"我……—会儿……亲自把仔狗……给村长送去。"陈行虎呵呵一笑:"多谢了! 多谢了! "说完转身就走。刚走出几步,又踅回来,在吴德中耳朵边嘀咕:"你儿子的事,尽管放心。"

随后,吴德中便把浪子产下的五个仔狗,装在背筐里背去送给了村长。

浪子见儿子失踪,围着房屋到处寻找,汪汪汪地大叫,叫声极为凄惨。吴德中夫妇见浪子悲痛至极,心里犹如刀绞,一阵阵发痛。他们煮了好吃的,借此向浪子赔罪。可浪子不但嗅都不嗅,还自此绝食。

三天过后,浪子郁郁而终。

浪子死后不久,村长陈行虎的媳妇,果真为其产下一个白白胖胖的孙子,据说脸嘴儿跟浪子一模一样。

掘墓者

吴建松最近的行为有些怪异,这一点,黄杨村的人都看出来了。每天早晨一起床,他就扛把锄头,在屋前房后转悠。东挖一锄,西挖一锄,挖得房屋周围布满了大大小小的土坑。有时,他还拿根尼龙绳子,或者用一根标明了刻度的长竹竿左测右量,像一个从地质队退休的老工人。吴建松年过耄耋,在做这一切时,却表现得十分轻快,手脚灵活,注意力集中,目光炯炯有神。

村里人纳闷,这个老头,到底在寻找啥呢?莫非他家地基下藏有黄金?后来,据吴建松自己说,他是在找从他身上丢掉的两根骨头。

那还是他年轻时候的事了。有一年,他们家修建房屋,在匠人合力安放一根石柱时,吴建松见匠人们铆足了劲儿,试过几次,都没能把石柱扶正。他便跑过去帮忙,恰好那天下雨,地面有些打滑。吴建松双手刚撑到石柱,不料脚一歪,摔倒在地。而且，还把旁边一个匠人也给挤倒了。力量的瞬间失衡，导致石柱压下来，正好压在吴建松的无名指和小指上，当时就被压碎了。石匠们慌忙将他扶起来，抬到塑料棚内休息。当吴建松忍住剧痛，意识到手指没了时，眼泪哗哗往下流。他爹想把他压碎的指头捡起来埋掉，却不想就在他们抬吴建松进棚时，碎指早已被他们家那条饥肠辘辘的狗，当作美食给吃了。

建房时遇到这等事，是绝对不吉利的，预兆不好。那天，匠人们忌讳，都各自散去了。直到吴建松的父亲请来一个道士，做了三天三夜的法事后，匠人们才重新将他们家的房屋建造完工。

一个再怎么标致的小伙子，只要带了残疾，就会矮别人半截，自信心也会受打击。吴建松相亲的时候，他总是把缺了指头的那只手插在裤袋里，不敢拿出来。弄得岳父岳母说他不懂规矩，大势，险些没把闺女嫁给他。好在，那个女子铁了心要跟着吴建松，当父母的，也就不好再说什么。洞房之夜，吴建松也一直不愿把残手拿出来，磨磨蹭蹭的，用一只手解纽扣和裤带。新娘以为他害羞，便拉灭了灯，钻进被窝去了。待第二天早起，生米已经煮成熟饭。这下，吴建松不再担心了，他终于将残手亮出来。婆娘一看，问他手指哪去了，吴建松摸摸脑袋说："我也不知道，昨天还好好的，今早起来就这样了。"婆娘顿时无语，脸上青紫。

从那时起，吴建松就梦想着有一天能把自己丢掉的指头找回来。按照黄杨村人的说法，如果一个人带了残疾，命终时，就不再是全尸。若到了阴曹地府，会遭厉鬼欺负，还会被阎王爷低看一等。

日有所思，夜有所梦。吴建松满八十岁当晚，即做了一个梦。他梦见自己那两根手指头，并没被狗偷吃，而是被埋在了他家屋后的一片竹林里。梦醒之后，吴建松按照梦的指引，天天在屋后竹林里翻挖，却一无所获。

实在没找到手指骨，吴建松也就灰心了。但他却萌生了另外一个想法——在活着时给自己举办一场葬礼。

吴建松想，反正自己死后也不是全尸，与其到阴间去遭罪，不如让自己死得有尊严一些。既然生日都可以举办庆典，那为何死亡就不能举行仪式呢？况且，人死如灯灭。死后的情形，自己又看不到，干脆趁自己还活着，就把葬礼给办了。也好顺便检验一下儿孙们是不是都孝顺。看看亲朋好友，左邻右舍到底有几个对自己真心。千万不能学村头的王老头，一个人在家闭门不出。一天，有人下地干活儿从他家门前路过，喊叫，没有回应。推门一看，王老头死在灶台下。手里还捏着个碗，碗里的饭生了霉，尸体都臭了。下葬时，村人都捂住鼻子，不愿去抬。吴建松说，要是像王老头那样死去，还有卵意思？

主意既定，吴建松开始给自己找坟山。他不相信"阴阳"，他说阴阳先生都是唬人的，只有自己找的归宿地才放心。可地实在难找，吴建松说，现在的农村哪还有"福地"，风水都被破坏完了。剩下些荒山野岭，连鬼见了都怕。

最终，吴建松把自己的坟山选在一块玉米田里。那块田虽然现在荒废了，长满了野草，但过去却是块宝地，种啥发啥，很增产。吴建松在那块田里耕种了一辈子，他说自己早在身强力壮时，就把魂交给了那块地。

吴建松耗费了整整十天时间，才把自己的坟坑挖好。挖好后，他从镇上买回一挂长长的鞭炮，再换上一身干净的衣服，躺进坟坑里睡了一个上午。当鞭炮炸响的时候，他在坟坑里感受到一种幸福的平静。

有了坟山后，葬礼就可以举行了。吴建松从历书上选定一个黄道吉日，再放出自己去世的消息。亲戚们闻讯，都纷纷提了香蜡纸烛，高举花圈前去吊唁。有的还请了锣鼓。吴建松坐在堂屋里，看到亲戚们神情悲伤地陆续赶到，心里美滋滋的。

可亲戚们一到家，看见吴建松好端端的，坐在椅上傻笑，都吓得丢了魂，转身撒腿就跑。待搞明白真相，亲戚们都骂他："真是个疯老头，世上居然有这么想死的人。要是他哪天真死了，我们也不会再去。"

数月之后，吴建松终于一命呜呼。

山洪暴发

雨季是乡村的另一种灾难。

西南山区,多属丘陵地带,气候变化大。每年夏季,都会遭遇洪涝灾害。密集、汹涌的暴雨,像疯狂的子弹,铺天盖地射下来,冲击着干渴已久的地表。树木被风雨折断,甚至连根拔起。村中不断有土崖塌方,随处可见滑坡的山体和泥石流。那些巨石和泥层从山上垮下,捣毁农作物不说,怕的是砸毁房屋,造成人员伤亡。

我奶奶住的那间老房子,背后即是一面山体(我奶奶脾气很倔,自我爷爷去世后,我们曾让她搬出老屋住。可奶奶死活不肯搬,她说爷爷是在那间屋里走的,她也要在那间屋子里活到最后一口气)。一到雨季,我们全家人的心都揪紧了。雨水常常在夜间下,让人来不及防范。噼噼啪啪的雨水,像无数头小野兽,直朝屋顶的瓦上撞击。奶奶本就残破的房子,仿佛开了天窗。冰凉的雨水顺洞而下,不大一会儿,地面就湿透了,水能淹没脚踝。整座房子,犹如一艘浮在河面被风雨吹打得漏水的破船。屋外电闪雷鸣,好似战场上冲锋陷阵的敌人,已经攻破城池,正向着主营摇旗呐喊而来。每当这时,父母就会冲进屋来,把奶奶救出"营垒",背去他们的石头房子避难。尽管父母住的那间房屋,并不比奶奶住的老房子牢固多少。

但我的奶奶毕竟是幸运的。在危难之际,她有个儿子在身边可以依靠。村里更多的老人,他们举目无亲,孤身一人,没有人在乎他们的死活。倘遇到山洪暴发,便只能听天由命。近几年来,黄杨村先后有五名老人在雨季中丧生。我只能简要记下他们的姓名和离世时间:

刘富云,男,2007年夏某夜,遇持续强降雨,山洪倒灌入宅,造成房屋倒塌,被墙体砖石砸中头部身亡,享年76岁。

蔡方玉,女,2007年夏某上午,遇持续雷雨天气,其披蓑戴笠,冒险去后山的田里割猪草,从一面山崖下路过时,被突然垮塌的山石掩埋,享年58岁。

吴建平,男,2009年夏某上午,其冒着狂风暴雨到后山挖沟排水,以避免洪水顺流而下冲毁房屋。在他排险回家途中,恰好被狂风刮断的一棵泡桐树击中脑部,当即死亡,享年64岁。

刘贵德,男,2010年夏某下午,遇持续强降雨和大风天气,导致屋后几根竹子被飓风折断倒在房顶上,压碎了一勾原本就已残破的青瓦。眼见屋中雨水漫滤，难以下脚。情急无奈，他找来几张旧胶纸，搭梯上房遮雨。刚爬上去，朽坏的椽条瞬间断裂，从屋顶坠落身亡，享年67岁。

张碧英，女，2012年夏某夜，遇暴雨突然袭击，雨水从屋顶漏下，打湿了床上的棉被。眼见睡觉的地方遭殃，她慌忙翻身下床，摸黑（农村凡遇雷雨，必定停电）去灶房拿盆来接漏水。谁知，她脚刚一跨进灶房，即被一条躲在门槛处避灾的毒蛇咬伤。未等天亮，即中毒身亡，享年70岁。

我的村人们，就这样在各种灾害的炼狱中，坚强地生活着。

阴阳先生

　　吴德伍之所以被黄杨村的人视为神秘人物,大概跟他"阴阳先生"的身份有关。他不但会看相、摸骨和算八字,还会看阴宅和预测未来,并帮人逢凶化吉,驱魑驱魅。据他自己宣称,他是开了天眼的,法力可达"三界",通"五行"。于是乎,有关他的故事,可谓五花八门,诡异奇谲,被传得神乎其神。

　　我听过最神的事,是他某年夏日,把灶房里的一口大柴锅放在河面上,然后,赤身裸体坐在锅中,两腿盘结,双手合十,微闭双目,从河的此岸渡到彼岸去。柴锅过处,鱼虾腾跃,浪花飞溅。

　　此事因无证人,姑且存疑。但据村中年长的人说起吴德伍是如何从一个普通人变成"阴阳先生"的经历,却颇有几许蹊跷。

　　吴德伍十七岁那年,跟随父亲在地里挖土种洋芋。烈日当空,汗水油一般在他被晒成古铜色的身上滚动。挖着挖着,吴德伍突然仰天狂吼一声，把锄头扔出两丈远。随即，他围绕村庄跑了三圈，边跑嘴里边发出唧唧哇哇的怪语。跑完之后，他径直朝后山坟场走去，并钻进了一个破落的坟洞里，待了三天三夜。任凭家里人怎么喊叫，他兀自岿然不动，吓得他母亲面部肌肉痉挛，父亲的尿液顺着裤裆往下流。

自吴德伍从坟洞爬出来后，人就变得神神怪怪的了。而且，他还从坟洞里带出来一块"令牌"，上面刻有纹路，跟道士打的符上的纹路无异。这块令牌，后来成了吴德伍走南闯北的"法器"。据说，他凡是替人占卜吉凶，只要将令牌在求卜者身上拍几下，拿到耳朵旁一听，令牌便会发出声音，类似有人咳嗽。待放下令牌，他即可详尽地告知求卜者吉凶。就连求卜者的前世今生，也能道出个子丑寅卯来。故每天上门来找他"问香卜卦"的人非常多，就是村外的人，也要一路打听，翻山越岭前来求福。这些人中，有问前程的，有问祸福的，有问姻缘的，有问钱财的……末了，吴德伍都要给求卜者一包草药（都是山坡上的野草，用刀铡碎），让他们拿回去熬水喝，每包五元。说喝了这种"神水"，能除百病，避邪祟。

起初，吴德伍的父母见他整天神经兮兮，担心他讨不到婆娘。后来见他靠算命占卜居然"因祸得福"，心中顾虑全消。再后来，便有无数媒婆登门牵线，为吴德伍说亲。今儿一个，明儿一个，把吴德伍家的门槛都踏破了。筛来选去，吴德伍最终选择跟邻村一个彭姓姑娘联姻。理由很简单，这个彭姑娘屁股大，会生娃儿。

果不其然，婚后一年，彭姑娘便产下一对"龙凤胎"。村里人都说：阴阳就是阴阳，生的娃儿不是龙，就是凤，全都是富贵命啊。可当这对双胞胎长到三四岁时，有人发现不大对劲。尤其是男孩，左腿骨软塌塌的，走不稳路。吴德伍见村人们在背后议论，便理直气壮地放出话来，说别看他儿子腿有点毛病，却天生是个"皇帝命"，将来要到北京做大官的。这是他苦心孤诣推算的结果。

　　此言一出，全村哗然。大家慑于吴德伍的"神算"，也都停止了议论。为提升地位和权威性，吴伍德还给家里的每一个人封了号。他自封为"天公"，封妻子为"地母"，封两个孩子为"日月二光"。

　　如此一来，"天公"的名号不胫而走，声誉日隆。渐渐地，便开始有商贾官宦之人慕名前来求卜。他们开着小车来，问一次卜，就扔给吴德伍一沓钱。吴德伍见财源广进，便不再给一些农村人占卜，专门把目光对准了那些有权有钱的人。经常有人来村里接他到城里去占卜。吴德伍一去，即被人当贵宾招待，住在豪华宾馆里，吃香喝辣，真正是过上了"神仙"的日子。

　　吴德伍在城市里很有市场，不少人都信服他。几年过去，吴德伍干脆不再回乡了，他率领全家扎根县城，租了一个门市，正式发展他的"阴阳事业"。我每次从他的门市前路过，都看到他在忙，总有不少的人围着他问卜。门市的玻璃门上，贴满了鲜红的大字，诸如：易经八卦，称骨算命，风水择期，看相取痣，奇门遁甲……

如今，吴德伍已年过七十，在门市给他打下手的，是他的儿子。这个天生"皇帝命"的人，并未去北京做大官，而是子承了父业。他的女儿据说也跟一个开锁匠结了婚，不知啥原因，结婚十多年了，却一直没有生育。有空的时候，女儿会来门市，帮父亲和哥哥收收钱，煮煮饭什么的。

　　他们共同的目标，是把"阴阳事业"做得风生水起，独步天下。

拾荒老兵

每次回乡，都能看到"老兵"。

他要么背个背筐，要么提一个编织袋，在村前村后转悠。有时，他还会出现在镇上的垃圾站，或学校厕所周围，捡拾弃置的生活废品。如果运气好，他一天能捡满满一筐破铜烂铁、瓶瓶罐罐。他将这些捡来的废品，拿到收购站换成钱后，就去打酒喝。因此，他的腰间总是吊着一个酒壶。酒是他唯一的嗜好，没有酒，他将活不下去。我只要一见到他，就会暗自猜想：难道他是在借酒麻醉自己吗？

老兵原名姓谢，十七岁到部队当兵，曾参加过抗美援朝战争。或许是在部队待得时间长，大家都习惯叫他"老兵"。据说，老兵自幼失怙，童年生活过得极度凄惨。大队书记见其可怜，便送他去部队服役，也算是替他指了条明路。

可铁打的营盘流水的兵，部队再好，总不能待一辈子。老兵退伍回乡后，一无技术，二无家庭，还是组织上考虑到他曾投身军营,保家卫国,没有功劳也有苦劳,便由生产队为其整理出一间旧仓库,作为落脚点。

当过兵的人,身子骨都硬。老兵虽然一无所有,但凭借在部队里锻炼出的一身铮铮铁骨,靠四处下苦力,也能勉强糊口。有一次,已经三十多岁的老兵,在镇上一个工地干完活回家途中,遇到几个流氓调戏一个黄花闺女。老兵见此情形,军人气质油然而生,一股热血喷薄而出。他冲上前去,三拳两腿即把几个喽啰打得满地找牙,连爬带滚地消失了。后来,那个姑娘感念其搭救之恩,便以身相许,成了老兵的婆娘。

都说人逢喜事精神爽,老兵娶了婆娘,自然有了家。精神也一扫过去的萎靡状态,变得意气风发起来。他每天拼命地干活,一心要把这个新家建设好。不多久,儿子出生了,老兵更是喜上眉梢,感觉日子越过越有盼头。但好景不长,眼看儿子一天天长大,开销与日俱增,家中开始出现缺米少盐,入不敷出的状况。婆娘整天都牢骚满腹,骂老兵无用,嫁给他无异于活受罪。

一天深夜,这个铁石心肠的女人,终于抛下丈夫和儿子,逃之夭夭了。老兵见木已成舟,只好把打碎的牙朝肚子里吞。一个人节衣缩食地把儿子抚养成人。要说,老兵也真可谓是命运多舛。他这个一把屎一把尿拉扯大的儿子,不想却是个忤逆之徒。一天到晚跟一帮社会混混纠缠在一起,吃喝玩乐,打砸赌抢,什么都干,把老兵气得半死。

前些年,国家出台新的政策,对参加过抗美援朝的老兵,实行生活补助,每月都有两百块钱。可老兵的银行补助卡办下来的头一天，就被儿子没收了。老兵眼泪汪汪看着儿子离去的背影，却说不出一句话来。至今，老兵都不晓得儿子究竟在外面干些啥，他基本没回过家。

为活命，老兵干起了拾荒的行当。在老兵看来，人老了，没有力气干别的，只有拾荒稍微轻松些。

有时碰到老兵，我就递给他一支烟。然后，耐心地听他讲述陈年旧事。他每次跟我讲的内容都差不多，无非是他在战场上的浴血奋战、斗智斗勇。他说，一次他们的队伍跟美军对垒，遇到大雾天气，双方都不敢开枪，只能躲在沟坎处按兵不动。从上午守到下午，又从下午守到黄昏。这时，老兵按捺不住了，血气方刚的他私自跑出沟坎，欲去探察敌情。他刚一伸出头，一梭子弹便朝他头部飞来。讲到这里，老兵总是笑笑，然后说："幸亏我躲闪得快，只把我额头拉出一道槽。否则，脑壳就开花了。"说完，他拧开酒壶盖，猛喝一口酒，再撩起额前的长发，让我看他的额头。果然，他的额头有一道凹槽，正好安放一发子弹。我问："那后来呢？"老兵说："敌人开火后，我军发起反攻，半小时不到，即把美国鬼子打个落花流水、丢盔弃甲。"

老兵只要跟人讲起这段经历，都眉飞色舞，脸上流露出自豪的神情，仿佛一个战功赫赫的将军，在对新兵炫耀辉煌的人生。每当这时，我都很难把老兵跟一个拾荒者联系起来。我也很难相信，曾经他那双握机枪的手，会握着如今的拾荒棍。我也老是会把他那挂满周身的矿泉水瓶子，想象成手榴弹，或者金光闪闪的勋章。

但很快，我的想象就被眼前的现实击败了。

有一回，在听完老兵对戎马生涯的反复讲述后，我无意中提及他的儿子和失踪的婆娘。不料，我话刚出口，他便哭得稀里哗啦。只见泪水混合着黑灰，把他那张布满皱纹的面孔，修饰得就像川剧舞台上某个表演变脸的角色。

我赶紧闭上了臭嘴。

肥料猪

在黄杨村，农民的主要经济来源，全靠养猪。一年三百六十五天，他们把大部分时间和精力，都投到了养猪上。就是去走个亲戚，一吃完午饭，便急急忙忙往回赶，从不敢过夜，只因圈里的猪等着人喂。回去晚了，猪饿得尖叫，农妇听见，是很痛心的。

我母亲养了一辈子猪，对猪是既爱又恨。爱的是她靠养猪支撑起了我们过去那个摇摇欲坠的家——我们当年建房，我读书的学杂费，以及偿还乡信用社的贷款，都是靠母亲养猪得来的钱；恨的是当年时运不济，养的猪总是不成气候。刚买来的乳猪，养了没几天，就莫名地得病死了。母亲见血本无归，哭得呼天抢地，捶胸顿足。在我的记忆里，老是忘不掉母亲为了几头死猪而悲伤不已的样子。它像一道伤疤，在我的心上长了茧。

过去，村里养母猪的人家很多。养母猪成本低，来钱快。一头母猪每年至少要下两回仔猪，每次多则十余头，少则七八头。仔猪落地后，喂养两个来月，便可以卖了。

来买仔猪的人家，一家派个代表，到猪圈里逮猪，眼睛都盯着大个的逮。而剩下的家属，只准站在圈外观看，不得出声。有人手脚慢，逮住的都是个头小的猪，气得他家属在圈外干瞪眼。有时，大家共同看中了一头猪，一人抓住猪的前腿，一人抓住猪的后退，貌似要把一头乳猪五马分尸。猪忍痛挣扎，这可把养猪的人急坏了。后来，为公平起见，养猪的人便用墨汁在猪身上编了号，采取抓阄的方式卖猪。猪大猪小，全看自己的运气了。

最牛的，要算养公猪的人。母猪再有能耐，得靠公猪去下种。光棍李东亮就养了头公猪，骨骼高大，体壮耳肥，一看就是荷尔蒙旺盛的种猪。据说，李东亮养的这头猪，属于杂交品种。凡由它交配后产下的仔猪，白嫩膘肥，个头比普通种猪的后代都要大。故村里的母猪，基本上都跟李东亮的公猪有一腿。有人喜欢自己的猪，李东亮自然高兴，成天牵着猪跑前跑后，走东串西，一路上把鞭子甩得山响。

遇到嘴烂的人，跟李东亮开玩笑："东亮，你本该养母猪的人，却偏养了头公猪，这不是跟自己过不去吗？"李东亮也不生气，回敬一句："我家公猪把全村的母猪都收拾了，你看有哪家的猪，不是我这头猪的种，包括你们家的。"开玩笑的人也不示弱："那如此说来，你的公猪是在帮你干活哟，难怪你讨不到婆娘呢，原来你那东西都长到猪身上去了。"李东亮这下被打哑了，眼泪花花儿在血红的眼珠子周围转，只好朝猪身上猛抽几鞭子，快快地走开。

每年春节，都有屠户到乡下来收购肥猪，这是村民最高兴的事。忙活了一年，就等着猪出栏，把汗水变成钞票。那些屠户精明得很，往往抽中午或半下午的时候来买猪。这时的猪肚子都是空的，过秤时，能轻几十斤。买回去的，都是实实在在的肉。村民觉察出其中奥妙，临近春节期间，他们每天都把猪喂得很晚。待屠户一来，猪的肚皮圆得像个冬瓜。有一次，屠户去村头某家买猪，正好那天下大雾，灰蒙蒙的。加之猪圈光线差，屠户只看清猪的轮廓。待把猪赶出圈门过秤时，屠户发现猪是刚刚才喂过食的。按规矩，猪出了圈门，是不能退还的。屠户灵机一动，朝已经捆绑在地的猪肚皮上狠踩几脚，一大摊屎尿，便从猪屁股泄了出来。谁知，这家女主人也不是省油的灯，刁钻泼辣得很，非要让屠户多拿五十块钱。最终，一番争论之后，屠户还是付了钱，才抬猪走人。边走边骂："老子真是霉起冬瓜灰了，一摊猪屎，竟诈了我五十块钱。"

要把戏虽不是长久之计，但只要涉及钱的事，再笨的人也会变得聪明无比。

有那么些年，也不知道是谁经过试验，说猪喂了化肥催膘很快，比任何饲料都见效。一时间，各家各户都跑去镇上买来化肥，每顿喂猪都舀一大瓢。大家都恨不得圈里的猪，能像地里的蔬菜一样，在化肥的催化下风吹日长。

你还别说，化肥的作用真是神奇。那些吃了化肥的猪，个个长得红润光洁，毛皮透亮，弹指可破。原本半年才能出栏的猪，三两个月就可以销售了。屠户也对这种"化肥猪"情有独钟，说此类猪肉摆在案桌上，色泽新鲜，很受顾客青睐。杀一头猪，半天不到，即可售罄。

　　屠户早早卖完肉，回到家里，一边数钱，一边跟婆娘说："那些城市人才眼瞎哟！嘴嘴吃的都是化肥，却还在夸咱的猪肉鲜美。"婆娘手拿一张百元大钞，在灯光下照照，得意地说："他们眼亮了，你就只有讨口要饭去了。"

逮蛙毒鳝

黄杨村出过两件逸事，分别跟两个人有关。

一个叫李不三，擅逮蛙。若从他逮的第一只蛙算起，到如今，他逮蛙的总量都可以装几大卡车了。他逮蛙的方法，最早是用铁叉刺。时间一般在夜间，只要听到田里有蛙声，他轻脚轻手蹑过去，用手电筒射住蛙眼，青蛙便不敢动弹。这时，李不三抄起铁叉，对准蛙背猛力一刺，青蛙就被俘获了。但用这种方式捕获的蛙，很容易死。第二天拿到镇上的餐馆去卖时，人家嫌不新鲜，要砍价。后来，李不三干脆弃叉用钓。他在竹竿上拴根钓鱼线，鱼线一端串一团蚯蚓作诱饵，以垂钓的方式钓蛙。一旦青蛙张嘴吞下蚯蚓，即会被卡住咽喉。他见时机成熟，迅速将蛙提起，放入编织袋中。片刻，待青蛙将蚯蚓吐出，又拿去诱惑下一个目标。这种活蛙，大都能卖个好价钱。

几年前，一个初夏傍晚，李不三正在稻田里钓蛙，母亲急匆匆跑来报信，说他婆娘腹痛，有临产迹象，羊水都破了。李不三慌忙找人，将婆娘抬去镇医院。医生说再迟一步，大人小孩恐都难保。一阵手忙脚乱之后，婴儿终于呱呱坠地，却发现四肢有畸形。李不三建议将婴儿扔掉，婆娘死活不肯，只好抱回家精心喂养。如今，这个孩子已经七岁了，却还不会走路，只能爬。有时，还在地上一蹦一蹦的，两边腮帮鼓得老高。

有人说，李不三两口子，青蛙吃得太多了。

另一个叫吴不四，擅捉鳝。一年四季，他的腰间都拴着个篓子，在水田里东游西荡。即便是大冬天，他也打双赤脚，裤管高绾，把田里的黄鳝撵得无处藏身。吴不四的眼力超常，他只要站在田坎上向田里一看，就知道哪里有黄鳝，哪里没有。一旦盯准一个黄鳝洞，他三两步跳下田，用食指顺着洞口钻下去，一条黄鳝就从洞的另一端冒了出来。黄鳝在水面划出波浪，奋力逃窜。吴不四以迅雷不及掩耳之势，伸手将黄鳝抓住，放入腰间的篓子。

黄鳝素来价钱昂贵，一斤至少卖二十几元。吴不四捉的都是土黄鳝，卖价也就更高了，周边餐馆都争先来他家里抢购，造成货源紧张。即使吴不四捉再多的黄鳝，也不能满足餐馆需求。

近年来，由于农田荒芜，旱情严重，黄鳝几近灭绝。吴不四见机行事，开始在家人工饲养鳝鱼，给黄鳝喂大量的避孕药。这样饲养出的鳝鱼繁殖能力强，生长速度快，经济效益自然成倍增长。吴不四为拓宽市场销路，跟县里不少餐厅签有供货协议。几年下来，他们财源广进，日进斗金，是村里第一户在县城买有商品房的人家。

但靠贩卖黄鳝发家致富的吴不四,却一直有块心病。他的儿子结婚多年了,却一直怀不上孩子,各大医院都跑遍了,检查结果男女双方都没问题。而他嫁人已三年的女儿,也一直不孕不育,各种药物都吃过,仍是枉费心机。女婿负气之下,将女儿赶出了家门,至今生死未卜。

吴不四的儿子今年四十出头,婆娘都换了三个了,却仍是香火不济。一天,他喝醉了酒,念及传宗接代之事,不禁大放悲声。他痛恨自己连那些黄鳝都不如,喂那么多避孕药,还能繁殖众多的后代。而他从来不吃黄鳝,却绝了后。

回到家里,他从厨房拿来把菜刀,一刀子下去,竟把自己给阉了。

鱼事

黄杨村有几个捕鱼高手。

脾气大是最光明磊落的一个。他捕鱼从不使用阴招儿,朝河里扔几个雷管,哐当几声巨响,随着四溅的水花,大小鱼虾便浮出河面,翻了白。脾气大蹲在河岸上,慢慢吸完一支烟,用长网兜一舀,被炸死的鱼即成了他的囊中之物。

只因近些年来,国家对炸药控制严格,不像过去那样随便卖,脾气大炸鱼便出现了困难。但对于一个久经沙场的人来说,任何困难似乎都难不倒他。脾气大实在买不到雷管,他就从一个暗地里生产烟花爆竹的哥们儿手里,买来火药和引线,用玻璃瓶子充当弹壳,自制起了炸药。这种土炸弹的爆破性能虽不及雷管,但对付鱼类却是绰绰有余。脾气大每次出去炸鱼,都要背一筐玻璃瓶子,一个瓶子可以捡回十几二十条鱼。有天夜里,脾气大背着瓶子刚走到河边,天就下起了雨。他想等雨停后,再去投弹,便躲在一个岩洞里抽烟。抽着抽着竟打起了瞌睡,就在他迷迷糊糊之际，不想手里的烟头掉进筐中，引爆了几个瓶子。一块弹片恰好嵌进眼眶，刺爆了他的左眼球，成了独眼。

从此，脾气大就再不炸鱼了。

跳得高是技术最好的一个。他捕鱼从不用炸药，也不用渔网，只需一根竹竿，几个用铁丝锤成的挂钩即可。他每天戴个草帽，沿着河边优哉游哉地走动，犀利的眼光在河面上扫来扫去。一旦发现有鱼群游弋，他两脚立即跨成弓箭步，双手高举竹竿一甩，那绑在一起的三个挂钩，便稳、准、狠地落在鱼群处。随即，他用力一拉，便有一条大鱼被钩住。要么钩住鱼鳃，要么钩住鱼腹或鱼尾。

跳得高很少有失手的时候，只要他一出手，必定有鱼殒命。由于技术高超，凡是见他挂鱼，站在岸边观看的人都很多。有人本来正在地里挖土干活，一见跳得高挥竿拉线，都要立即丢掉锄头，跑去目睹精彩瞬间。否则，那一天心里都憋屈得紧，备觉遗憾。

一次，跳得高的儿子放假在家，也跟着他去挂鱼。儿子提个袋子，紧跟其后左右察看。忽然，有一大群鱼在河面窜动。跳得高想在儿子面前展示一下自己的技术，举起肩上的竹竿嗖地一下就朝外甩。刚一用力，挂钩即被身后的什么重物拉住。跳得高回头一看，挂钩正好钩住儿子的下颌，鲜血一滴滴往下流。儿子双手捧住腮帮，痛得直叫唤。要不是他赶紧把儿子背去镇上的诊所，挂钩恐怕很难被取出来。

那天过后，跳得高只要一见到鱼，就喊头晕，全身发抖，连碰都不敢碰了。

不想活是名气最大的一个。他捕鱼既不用炸药，也不用渔网和挂钩，而是直接用药物毒。药物并不是常见的农药，而是他自行研发的一种特效药，取名：豁你的。这种药的主要成分为蚊香，外加七味有毒草料。他将蚊香和晒干后的草料磨成粉后，倒入一个瓦盆里，加入一定比例的油枯和水，再搅拌均匀搓成面团状，制药即大功告成。据说，此种药物奇香无比，对鱼类具有十足的诱惑力。只要将药团放入河沟，半小时后，便有鱼儿浮出水面。再隔半小时，鱼又会重新清醒过来，不至于丧命。但即便如此，那些清醒过来的鱼，也会变呆变傻，类似于人患了间歇性精神病。一旦鱼体内的毒性发作，就在水中乱撞乱游，还要开口唱歌。

不想活全家人都喜欢吃鱼，尤其是吃那种河沟里的野生鱼。自从不想活用"豁你的"毒死鱼拿来吃后，家里人都上瘾。三天不吃这种鱼，心里就发慌。因此，不想活隔三岔五，都要去河沟毒鱼。特别是到了春暖花开季节，鱼开始产卵，随便放几团"豁你的"下去，都能捞获不少鱼。这时的鱼雌性居多，肚子里有货，鱼卵又最好吃，营养丰富。只要不想活毒到有卵的鱼，全家人都垂涎欲滴，恨不得三两下就把鱼卵吃光。

或许是常年吃鱼的缘故，不想活后来发现一个秘密。吃这种鱼，可以避免蚊叮虫咬。每年夏天，他即使光着膀子坐在院坝里,不用扇蒲扇,也没有蚊子来咬他。眼见邻居们被蚊子咬得周身都是红疙瘩,不想活却怡然自得,平安无事,心里不胜欢喜。如此一来,他便把鱼当作保健品吃,一日三餐都要吃两条。

但渐渐地,不想活觉得身体不大对劲儿,后背前胸生出大片黑斑,又痒又痛。去医院检查,又查不出个所以然,他也就没再引起重视。半年之后,不想活正在桌上吃鱼,吃着吃着,眼前一黑,从桌上摔到了地下。家人慌忙一看,他的鼻孔已经没了呼吸。

村里人说不想活肯定是被"豁你的"毒死的,不然,他都死去整整三年了,坟上不可能连根草都不生。

城市模仿者

　　生活中不乏模仿者,思想复制者,跟"克隆人"相差无几。诸如某些高级知识分子,别看他们平常衣冠楚楚,满腹经纶,学富五车,一旦哪天缺了他人的照料,应付日常生活大概都成问题。去机场忘了带身份证,袜子脏了翻一面再穿,早晨煮面条冷水就下锅……当然,这些其实也没什么,做学问嘛,精神食粮更重要,阳春白雪多圣洁啊。

　　因此,我原以为,模仿只是那些知识分子才干的事,却不想,在当下的农村,竟也出现了诸多模仿人才,男女老少皆有。他们一旦干起模仿之事来,势必会让众多知识分子汗颜。

　　黄杨村有个小男孩,年方七岁,喜好幻想,模仿能力极强。只要看见大人做什么,他准会跟着做什么。比如,吃饭时,他父亲老爱用指头掏鼻孔,他每顿吃饭也会如此;寝室一个同学,经常帮家庭条件好的人擦鞋子,擦一双一块钱。他回家后,就主动帮母亲洗衣服,洗一件,收费两元。有一次,他在外打工的父亲回家,见儿子尚未放学,便急匆匆跑去菜地把老婆拽回屋,欲行床笫之欢。心急火燎之下,却忘了反锁房门。两口子正在兴头上,不料放学的儿子突然闯了进来。二人慌了神,赶紧钻进被窝。儿子喊了声:"你们在干啥?"父亲见躲藏不过,急中生智坐起身子道:"幺儿,你在家要听话哈,不然,像你妈一样,老子骑到打。"后来,儿子在玩耍时,经常当着父母的面,双腿夹住正在院坝里睡觉的狗身上,骂道:"死狗,你别到处咬人哈,不然,老子骑到打。"站立一旁的父母只好转过身去,羞愧得无地自容。

还有一个小孩,只有六岁。一天下午,大人都上坡干活去了,他伙同村里另外几个同龄孩子在家玩游戏。在他的鼓动下,几人合力将其中一个四岁孩子用绳子绑住手脚,捆在一棵柿子树上,足足捆了四个小时。那个被捆的孩子又哭又闹,奋力挣扎,嘴唇都乌了。要不是被口渴回家饮水的大人及时发现,恐怕就出人命了。当大人愤怒地责问是谁的主意时,那个孩子不慌不忙地说:"我们在学动画片里的猎人和熊,猎人就是这么捆熊的。"

小孩尚且如此会模仿,成年人就更不用说了。

吴国用唯一的儿子,在广州工作几年了,都没回过家。大前年,儿子在广州找个姑娘结了婚,如今孙子都快三岁了。吴国用多次打电话,叫儿子把媳妇和孙子带回家瞧瞧,了却他一桩心愿。可儿子说,不是他不愿回来,而是他婆娘有下乡恐惧症。只要一到乡下,见到处脏兮兮的,连上厕所都怕,尿急了,也要强憋着。至于过夜,就更不敢了。儿子还在电话里转述婆娘的话:

"要回乡可以，除非等修了楼房。"吴国用见这个城市儿媳妇如此刁钻、挑剔，气不打一处来。但又不好发作，担心为难儿子。

修楼房是不可能的，就是把吴国用拖去卖了，楼房也照样建不起来。但吴国用盼望全家团圆的愿望又如此强烈，为这事，他几乎茶饭不思，成天忧心忡忡。几番思忖，吴国用决定改造旧房。他凭借自己以前在城市里当过装修工的经历，按照城市房屋的格局，特别是对茅房进行了修缮。他将自己近年来的积蓄全部拿出来，买回水泥和瓷砖，外加一根塑料水管，一个莲蓬头，自制起了淋浴。还在屋顶装上了浴霸。因无热水器和天然气，吴国用就在茅房外的墙壁上安装了一个大铁皮桶，先将水在柴锅里烧热，再倒入桶内。热水通过连接的水管，从莲蓬头喷出，就可以洗澡了。淋浴制好后，他还从镇上买来一张席梦思床，换上了新的棉被，铺上电热毯。给儿媳的洗澡和睡觉设施解决了，吴国用寻思着应该给从未谋面的孙子也准备件礼物。他想到了城市里那些孩子坐的玩具车，于是，他找来锯子和木材，又从一个废弃的电机上撤下四个滚珠，制成一个"滚珠车"。

待万事俱备，吴国用再次给儿子打去电话，说他已经按照城市房屋的格局，对旧房进行了改造，请他们放心回家。儿子见父亲思孙心切，况且，他也的确想回家看看父亲，便三番五次做婆娘的思想工作。费了九牛二虎之力，婆娘终于同意跟他回乡见公公。

到家当天，孙子即被爷爷送给他的"滚珠车"吸引住了。这个小家伙，第一次看到不同于城市里的玩具车，十分好奇，嚷着立刻要坐。谁知,孙子刚一上车,这辆没有刹车的车子,直接就冲向了院坝外的沟坎。孙子被吓得哇哇大哭,额头凸起一个大青包。车上的四个滚珠,也被撞掉两个,惹得儿子儿媳当即发一通脾气。

吃罢晚饭,儿媳有些犯困,想洗澡休息。吴国用才挨了骂,想借机将功赎罪,早就烧好了两大锅热水预备着。媳妇一进卫生间,见淋浴如此简陋,又气又恨。但事已至此,她也只好委屈自己,勉为其难了。可当媳妇周身刚抹上香皂,只听屋外哐当一声响,水源突然中断,吓得她丢魂似的尖叫。儿子跑去一看,原来是墙上的铁皮桶掉了。

第二天,媳妇即闹着要回广州,无论怎么劝阻,都挽留不住,儿子只好依从她。临走时,吴国用拍着儿子的肩说:"孩子,爸爸真是无用,但我尽力了。"说完,竟呜呜地哭了起来。

绝配

为讲述方便,尊重他人隐私,故我将文中人物的真实姓名隐去,权且以聋子和矮子代称。当然,这样做还有个更重要的原因,是我怕哪天矮子在城市里乞讨时,从街边某个垃圾桶里捡到这本署名吴佳骏的书,又恰好翻到这则短文,把我认出来,找我打官司,那就麻烦了。尽管,我并不知道矮子是否识字。即便识字,又能否懂得以打官司的途径来维护自我的尊严和权力。

但我敢保证,聋子是绝对看不到这篇文章的,他常年生活在黄杨村,又是个文盲(这点我自幼便知),别说识字看书,就连镇上的男女厕所都搞不清楚。

那不如先从他讲起。

聋子的父母死得早,要不是他上头还有三个哥哥,将其拉扯大,他或许早就不在人世了。据说,聋子的耳聋是胎中带来的。他父亲曾想将他丢掉,只因母亲不忍,哭着说:"劣质肉也是我身上的肉,滴的也是我的血,要送人,除非我死了。"母亲的话,救了聋子一命。

聋子到底是真聋,还是假聋,谁都说不清楚。你凡是跟他正常交流,他一句都听不清。比如,有人喊他:"走,上坡割草。"他尖起耳朵听听:"你妈才没洗澡。"邻居遇事求他:"来,帮个忙。"他答:"今天不赶场。"但你要是咒骂他的话,他却句句都听得明白。莽子平时吊儿郎当的,最爱洗涮人。一次,他在干活时碰到聋子,张嘴就是一句:"是不是你老汉当年跟你妈快活时走神儿,才把你娃耳朵擂聋的啊?"莽子话刚出口,聋子怒目一瞪,抄起扁担就向莽子砸去,边砸边骂:"你妈那耳朵才是我擂的,老子弄死你……"莽子吓得到处躲闪,聋子穷追不舍,撵了好几个山坡。

自此之后,没人再敢当面说聋子坏话。

大凡残缺之人,必有过人之处。上帝关闭了聋子的耳朵,却送给他一双灵巧的手。说了你或许不信,聋子竟然会做"女红"。织毛衣啊,纳鞋底啊,用钩针钩花啊,这些女人家干的事,他样样都会。而且,他织出的毛衣针脚匀称,钩出的花朵活色生香,这让村里的妇女们自愧不如。倘若谁家有闺女出阁,都是请聋子去绣枕头,钩被面。那一对对鸳鸯,从聋子的双手间飞出,身上好似还滴着水珠,楚楚动人。让即将出嫁的姑娘看到枕头和铺盖,不免芳心萌动,春情荡漾。

给出嫁姑娘绣的鸳鸯多了,聋子逐渐变得不安分起来。在做绣工时,他会一直盯着待嫁的姑娘看,看得人家心里发怵。有一次,他甚至趁姑娘不注意,跑去抱住人家的腰不放,被姑娘的父母打得鼻青脸肿。后来，就再没人敢请聋子做绣工了。

男欢女爱本属人生常事，可对于聋子来说，却比牯牛下崽还难。有哪家的姑娘愿意嫁给一个聋子呢？要不是在他四十岁那年，花钱从邻村买来一个矮子，聋子恐怕只有孤身终老了。

矮子来的当天，聋子大摆宴席，从来没见他这么高兴过。任何人跟他开玩笑，他也不生气。有人喝醉酒说："聋子，你像根竹竿，矮子像个秤砣，你们咋干事呢？"聋子笑笑，用手在身前比比，说："找准眼子就行。"把当场的人笑得前仰后翻。

结婚前几个月，聋子对矮子体贴有加，农活不让她干，连脏衣服都不让她洗。随便走到哪里，都把矮子带上，简直称得上夫唱妇随。但渐渐地，情况发生了转变。聋子开始打骂矮子，经常看见矮子坐在院坝边哭泣。蓬头垢面的，脸上全是血痕。而且，聋子还每天押着矮子去坡上干活。很多次，村人看见矮子背着一大筐猪草，被压得气喘吁吁，脸色发紫。某天下雨，矮子背着一筐红苕回家，下坡时，连人带筐摔下沟坎，红苕滚了一地。她的大腿也被一块石头划破，鲜血顺着裤管往下流。紧跟其后的聋子见矮子摔倒，不但不搀扶，反而一通臭骂，并责令矮子必须将红苕一个不剩地捡回家。否则，要剥她的皮。矮子全身湿透，像只受伤的落汤鸡。她忍着剧痛，把红苕一个一个朝筐里捡。没捡几个，人就晕死过去。

村里人见了，都咒聋子歹毒。尤其是莽子，骂他屁眼心心都是黑的，早晚要遭报应。

聋子之所以变得如此蛮横跋扈，不近人情，全在于矮子没有生育。每天晚上，邻居都能听见从聋子屋内传出矮子凄凉的叫声。他们知道，那一定又是聋子在蹂躏矮子了。邻居就感叹："作孽啊。"有时，青天白日的，还有人看见聋子在某块菜地里，或柴草丛中，强行脱下矮子的裤子行事。矮子奋力挣扎，却最终不得不像一只被缚的鸡，乖乖就范。

有很长一段时间，矮子从村里消失了，大家都不知道她去了哪里。后来，据去过县城的人回来讲，他们曾目睹矮子在城里行乞。脖子上挂个布口袋，穿件破衣裳，在垃圾桶里捡烂苹果吃。他们正准备跑过去打声招呼，可矮子瞬间就不见了。

没了矮子，聋子的日子却越过越滋润。每天红光满面，干活时嘴里还哼着歌曲，这让全村的人纳闷。

让人更加纳闷的是，短短几年时间过去，聋子竟然建起了一座预制板平房。那座房子，就像一座金屋，在黄杨村闪闪发亮，把村人的眼睛都闪花了。新房竣工那天，噼噼啪啪的鞭炮声震天响，炸得每个人心里像打翻了醋坛坛，五味杂陈。事后，大家都在议论，狗日的聋子原来是个土老肥，不知他哪来那么多钱。

嘴快的莽子说："还不是矮子给他挣的。"有人反问："不会吧，聋子那样待她，她还会给他挣钱？"莽子擤了擤鼻涕："这你就不懂了，人与人不同啊！"

其实，莽子如此言之凿凿，是他在聋子举行新房落成典礼那天，亲眼看到矮子站在后山的垭口上，远眺着新房发呆。

那天过后，就再也没有人看到过矮子。

这回，她是彻彻底底消失了。

卖树

黄杨村的赵超群,老伴两年前去世了。她唯一的儿子张大贵,已过而立之年,却还是个单身。去年,有媒人上门提亲,这可把母子俩高兴坏了。待男女双方见面后,女方说:"人没啥问题,只要男方肯出一万块钱替我父亲看病,我就立马嫁人。"可赵超群无论如何都凑不齐这个数。张大贵苦苦相逼,她仍是一筹莫展。赵超群说:"儿子,咱家的情况你又不是不了解,你爹的安葬费,我还欠着呢。"但张大贵不管这些,他说:"你看人家那些当妈的,有哪一个不比你强,你干脆去死了算了。"面对儿子的责骂,赵超群心如刀绞,眼泪都哭干了。

女方听说赵超群拿不出钱,转身嫁给了镇上一个棺材店老板的儿子。

张大贵见婚事泡汤,一气之下去了福建打工。两年过后,张大贵传回消息,说已经在外安家,讨了一个本地妹子做婆娘。目前,婆娘已经怀孕,他只能在福建安家,往后再不能回来看她了,望赵超群多保重。赵超群闻讯,悲喜交集。她想,不管怎么说,儿子总算有了家。如此一来,长期藏在她心底的内疚可以稍稍减轻一些。那段时间,她逢人就说:"我家大贵结婚了,媳妇正怀着咱家的骨血呢!"说完,混浊的泪水从她沟壑纵横的脸颊上滑落。

去年秋天刚过,初冬的天气已有一丝微寒。蒙蒙细雨落在暗绿的树叶上,发出轻微的声响。赵超群冒着细雨,在屋前房后转悠。目光始终盯着那几株高大、笔直的楠树,那是她刚生张大贵那会儿栽种的。几十年过去,自己老了,儿子大了,树也长高了。其中两棵树的浓荫里,各藏着一个鸟巢。那些鸟年年都来树上打情骂俏,传宗接代。它们认识赵超群,赵超群也认识它们。唯有树沉默不语,它们同时见证了人和动物的哀愁。

这些树,赵超群原本是要留给自己打制寿材的,可现在她的想法变了。在这个充满肃杀气息的冬季里,她将这几棵在风雨中日夜陪伴她的大树,以 3500 元钱的价格,全部卖给了镇上一家木料加工厂。

卖掉树后的第二天,赵超群把钱一分不剩地汇给了远在福建的儿子。

冬天将尽,眼看下一个春天已经梳妆完毕,正要翩跹地来到人间的时候,村里人在一棵楠树旁,发现了赵超群的尸体。赵超群平躺在地上,走得很安详。那天,她特意换了身干净的衣裳,把自己打扮得跟一个出嫁的新娘似的。

农村实行退耕还林后，当过六年民办教师的赵福广在自家的宅基地上，栽种了大片的桂花树和银杏树。他说：粮食种得好端端的，国家却偏要动员大家还林，难道今后要让村民摘树上的野果吃不成？话虽这么说，但政策就是政策，容不得你去篡改，于是，赵福广便将这些树视为珍宝。

对一个农民来说，地里无论是种粮食，还是种树，所投入的感情都是一样的。赵福广也想通了，现在的农村既然早已没人种地，那么，还不如多栽些树。等个三年五载，树木成林，那将是另一种风景，也为国家的绿化事业做点贡献。

更重要的一点，是赵福广还有个私心，等有一天那些树苗长大了，他想把自己的名字刻在树上。他认为，一个人无论活多大的岁数，都没法活过一棵树。任何一个人，如果不去查阅族谱的话，你根本不知道爷爷的爷爷是谁。但树知道，它们可以见证一个家族的兴衰。赵福广说，倘有一天他离开了这个世界，时间会把他亲手栽种的树留下来。他把名字刻在树上，就等于自己也变成了一棵树，与树一同成长。只要树活着，他也就活着。今后的某一天，他孙子的孙子的孙子，或许在追宗问祖时看到这棵树，和树上刻的名字，会知道他有个叫赵福广的祖辈。那是他们血脉的源头。

每天早晚，赵福广都要去树林走走，给树除虫。即使什么也不干，只是摸摸树干，蹲在树下抽袋烟，也是难得的享受。他想亲眼见证那些树，是如何从一棵棵小树苗，长成粗壮的大树的。

平时，赵福广都是一个人在家。孙子在镇上读初中，要周末才回来。而他儿子儿媳又在县城的建筑工地打工，基本不怎么回家。遇到孙子放假，赵福广总要带上他，一块儿去树林转悠。有时孙子不耐烦了，他就会劝慰："孩子，学会多跟树相处，没啥坏处。"继而，他还会说一番大道理："树和人一样，是懂感情的。但树却永远比人更知道感恩。它不会像人一样好高骛远，为了所谓的理想而背弃滋养自己存活的土地。"见孙子摸摸脑袋，听得云里雾里，赵福广正了正身子，继续说："孩子，你知道一棵树从一株幼苗长成参天大树，其间需要历经多少风雨岁月的考验和疼痛沧桑的磨砺吗？谁能懂得一棵树的心思？"读初中的孙子听爷爷越说越离谱，说："爷爷，没想到你还是个乡村哲学家，比我们老师有思想。"赵福广笑笑，不再言语。

一天，赵福广的儿子听说他打工的房地产公司要搞绿化，需要高价购置大量树木到高档小区配风景。瞬间，他想到了父亲的那片树林。小两口一商量，不谋而合打起了父亲的主意，不免心中窃喜。地产公司的人听说赵福广家有树苗，更是心生激动。在就近买树，比去外地购置成本低多了。赵福广的儿子很快与公司签订了卖树协议。桂花树700元一株，银杏树500元一株，各购100株。刚拿到协议，小两口的手都在颤抖，仿佛捧着的不是一张纸，而是一沓沓的钞票。

卖树时，儿子儿媳把赵福广骗去城里待了几天。给他找了家宾馆住着，说他为儿女操劳了一辈子，应该趁身体还健康，享享清福。赵福广信以为真，内心感念儿子儿媳孝顺。

从县城回去，赵福广一看树苗被挖走，心里就像那些刨走树苗的土坑,千疮百孔,心痛滴血,他还为此大病了一场。病愈后,赵福广的神志就变得恍恍惚惚的了,基本不怎么开口说话,成天就坐在树林旁的土坎上,凝视着剩余的树苗,呆若木鸡。

前不久,赵福广带信让儿子儿媳回家,信带了几次,都见不到人影。后来,他又派孙子亲自去县城,说他要死了,务必让他们回家一趟。儿子儿媳没办法,只好回乡。刚一进屋,赵福广抡起早就准备好的竹棍,朝儿子一阵乱打。一边打一边骂:"你这个败家子,你晓不晓得,卖树就是卖根,卖根就是卖祖宗……"

骂着骂着,赵福广突然鲜血喷地,气绝身亡。

小学生的信

　　小学生吴思怡三岁时，父母就去了外地打工，她一直跟着爷爷奶奶生活。今年九岁了，却不知道父母长什么样子，只是偶尔在电话里听到他们的声音。一天，语文老师布置一篇作文，让谈谈自己的家庭。吴思怡刚拿起笔，眼泪就止不住了。整堂课，她没写一个字。下课时，老师发现她的泪水把作业本都打湿了。放学回家，她花了整整一个通宵，才补写了这篇作文：

爸爸、妈妈：

　　你们好，虽然我记不清你们的样子，但是我还是要叫你们爸爸、妈妈。爷爷说，小孩子要有孝心，不能忘记自己的父母。可当父母的，应不应该忘记自己的孩子呢？

　　我不知道你们在外面都忙些啥？隔三(chà)五，我都会想你们。尤其是晚上，一个人躺在被窝里，冷冰冰的，很害怕。我多么希望(zhěn)头的左边是爸爸，右边是妈妈。我睡在你们中间，像一件贴身小棉(ǎo)，那该多好啊！你们在外面，也会想我吗?把我想象成你们的"宝贝"。毕(jìng)，我是从你们身上掉下的一块肉。

这么些年，要不是依靠爷爷奶奶，我想象不出自己该有多遭(niè)。奶奶每天给我煮饭吃，洗衣服;爷爷上坡干活，给我挣零花钱。有一次，爷爷在山上砍柴时，扭伤了腰，在床上躺了两个多月，才能勉强下地走动。可他刚下床，就又忙东忙西。我见爷爷可怜，在学校省吃俭用，中午只买五毛钱的豆(bàn)辣(jiāo)下饭。我用省下的钱，到镇上的药店，给爷爷买回几张治疗(diē)打损伤的(gāo)药，可爷爷只贴了一张，把另外几张藏在(zhěn)头底下，舍不得用。爷爷逢人就说:"我孙女乖，懂事，孝顺得很。"每当听到他夸我，我心里都酸酸的。比起爷爷为我所付出的，我的报答算得了什么呢? 你说我说的对吗? 爸爸妈妈。

还有一次，我生病了，发高烧，全身像着了火，脑壳(yūn)乎乎的，这可把爷爷奶奶吓坏了。他们吵着要背我去镇上的医院，可山路实在太远，他们年纪大了，怕背不动我。况且，家里也没钱为我看病。奶奶只好哭着把一篮子鸡蛋，拿到镇上去卖了，然后，再给我拿药。奶奶身体本来也不好，经常喊头痛，手脚发麻，眼睛看不清东西。我偷偷去镇上问过医生，医生说很可能是高血压和白内(zhàng)。我回家告诉奶奶，让她去医院检查一下。可奶奶说没事，老毛病了。我知道，她是心疼钱。看到奶奶这么大把年纪，还在为我操心，我的心都碎了。我恨不得立刻就长大，找工作挣钱，带他们去看病。记得我曾多次提出不念书了，在家帮助爷爷奶奶干点儿活。他们坚决不同意，说我的前途比他们的命重要。说实话，爸爸妈妈，当听到爷爷奶奶说这话时，我连死的心都有了。我不想成为他们的拖累。

爷爷奶奶一再(zhǔ)(fù)，让我别给你们讲这些。我考虑这封信不会寄出，只是完成家庭作业，所以也就写了。但我又是多么希望你们能够看到这封信啊，你们即使不回来看我，看看爷爷奶奶总还是可以的。他们跟我一样，也很想念你们。

爸爸妈妈，每到逢年过节，看到别人家的孩子，在父母的陪伴下玩得很开心，我就会(jí)(dù)。我(jí)(dù)他们有糖吃，有新衣服穿；(jí)(dù)他们有个完整的家。我们老师常说，家是人的(gǎng)湾，就像鸟儿温暖的(cháo)。可我从来没有过这种温暖，不知道有父母陪伴，到底是种什么感觉。

上周，班会课上，老师开展以《我的中国梦》为主题的活动，让每个同学上台发言。轮到我发言时，我说我的中国梦很简单："有个完整的家。"书上说，家是社会最小的细(bāo)，只有小家和(xié)了，大家才会和(xié)。老师表扬我说得好，同学们也为我的发言热烈鼓掌。

可说得好又能怎么样呢？你说是吧？爸爸妈妈。

那干脆还是不说了，就此(gē)笔。

女儿:怡怡

2014.1.25 深夜至黎明

生日酒宴

在吃不饱、穿不暖的年代,农民要想给自己做次生日酒,那无异于痴人说梦。活着尚且困难,谁还在乎自己的出生日期啊。及至后来,生活条件虽略有改善,馒头稀饭有了,咸菜泡姜有了,但若要设宴请客,基本仍属不切实际的幻想。故那个时候,农民都不庆祝生日。只要一日三餐锅里有煮的,过不过生日,是无所谓的。

但如今的情况,与过去相比,那就不可同日而语了。从什么时候开始,农民也学城里人,变得现代、新潮起来了。他们普遍看中自己的生日,觉得人生苦短,每个年龄刻度,都应该庆贺一下,铭记一下。否则,糊里糊涂就活到头了,一点儿意思都没有。

村里的德顺大爷花甲之后, 就被儿子接到城里一起生活。他儿子在县消防队上班。有时,德顺大爷在城里待厌烦了,就跑回乡下透透气。他只要一回村,总会说:"那些城里人的命才金贵哟,无论大人孩子过个生日,都要四处请客,还要亲自上门发个红色的纸片片,整得很隆重。我儿子称那纸片片为'红色罚款单',过个生日,还要上门罚款,你说怪不怪。他又不是群众生的,罚哪个的款嘛!"

据德顺大爷说,他儿子隔三岔五,就会收到一张罚单。只要上门送罚单的人一走,他儿子就痛苦地摇头,唉声叹气地抱怨:"这个月的工资又白挣了。"每次吃酒,德顺大爷的儿子都要将他带上,并反复交代:"爸,你吃得下就敞开肚皮吃,就当吃你儿子。"德顺大爷果然听话,一上桌,筷子就没停过,大鱼大肉一阵胡吃海喝。待满桌人都吃饱放筷了,他还坐着不走。最后,等大家都散了席,他便迅速从衣服荷包里扯出两个塑料袋,把剩余的菜悉数倒入口袋,提起就走(他儿子曾暗示过他,千万不能当着他的面打包,不能给他丢面子)。但人一上了岁数,消化能力就差。德顺大爷每次吃酒回来,都要拉几天稀,他蹲在厕所里,像放鞭炮一样,差点把房顶盖都挑起来了。德顺大爷刚从厕所里出来,坐在客厅看电视的儿子嗅到臭味,赶紧捂住鼻子,说:"爸,你肠胃不好,就少吃点嘛。"德顺大爷眼一瞪,高声骂道:"不是你让老子吃的吗?"话刚出口,一摊稀屎就从他的裤裆里泻了出来。

农村人办酒,虽然没有城里人那么讲究,不会到处散发罚单,但他们也自有一套请客方法,比起城里人的红色罚单来,有过之而无不及。

若谁家要办酒了,他们会提前一个月漏出风来,让大家心里有数。碰到熟人,还要故意假惺惺地说:"哎呀,哪里嘛,本来我是不想办酒的，有几个亲戚推不掉，非要来，再推，就得罪人了。呵呵呵，到时你们全家都早点来耍哟，呵呵呵呵。"

临近办酒前一天，办酒的人，会安排本村一个信得过的人牵头，挨家挨户收礼金。大家都是一个村子里的人，抬头不见低头见，大家都送了礼，你即使手头再紧，也不好不去。倘遇到真有手头紧的，只好装蒜外出躲礼，一天都不敢落屋。当牵头人清点好礼金，将礼单交给主人时，会说："全村都来了的，只有某某一家没来。"主人翻翻礼单回答："啊，那家人嘛，平常就不爱搭礼嘛。"语气满是不屑和埋怨。于是，邻里间的矛盾就这样种下了。

之所以大家都热衷办酒，说穿了，不外乎那是一种捞钱的好法子。现在农村办酒，不再时兴过去的"水八碗"，随便到镇上切几样烧腊，买几样小菜，再炖两个汤，打几斤散装白酒，也就可以体体面面地摆上桌了，花不了几个钱。而收来的礼金，就是再办几次这种规格的酒，也是绰绰有余。那些来吃酒的人，也不像以往那么挑剔，不过是人情摆在那里，磨不开。要说谈吃，家家户户天天都在吃肉，即使满桌山珍海味，你又能吃到哪里去呢？

席吃到一半，主人来敬酒了。张嘴就很客气："各位亲朋好友，承蒙大家的盛情，桌上粗茶淡饭，没得啥子吃的，那就多喝杯酒。我们是办得闹热，实际手长衣袖短，望各位口袋装盐巴——多多包涵（咸），莫怄气哈，呵呵呵。"吃酒的人也很会说话："哪里哪里，吃啥子并不重要，重要的是感情嘛。人对了，嘟个都好说,呵呵呵。来,喝起,喝个底朝天。"

酒席办到这个时候,就算是皆大欢喜了。

村主任胡万学,可谓是深谙办酒之道。他料定村民都要去巴结他,得罪不起,便换了法办酒,从中牟利。父亲满六十岁要办酒,满六十一岁也要办酒;儿子结婚要办酒,离婚也兴办酒;就是他晚上跟婆娘在床上闪了腰杆,也要办酒,还谎称是上坡时摔了跤,让村民都去家中看望。全村的人都被他折腾得怨声载道,但又敢怒不敢言。他下次办酒时,你还不能不去,只得勒紧裤带,咬紧牙关登门送礼。

后来,村人见胡万学酒席越办越起劲,就有几个不怕事的人站出来,怂恿大伙共同抵制这股歪风。胡万学一直在帮女儿带孩子,那天,他的外孙满六岁,村里人一周以前就嚷着要去吃酒,并说头天晚上还要去"打火炮"。胡万学说:"小孩过生,哪有打火炮的先例啊,我看打火炮就免了,正生那天,大家早点来吃饭就是。"村人们故意坚持,均被胡万学推辞了。最后,村人们说:"既然如此,那正生当天,我们一家大小都要来热闹热闹哟。"

胡万学见村民态度热情,跟婆娘商量,比平常多办几桌席,千万不要亏待大家。头天下午,胡万学一家就为外孙明天的酒席忙活了,一直忙到深夜十二点,才把二十几桌酒席弄好。

第二天一早,胡万学便在院坝里安放好桌子、板凳,泡上茶水,等待吃酒的人。眼看快到午时了,却不见一个吃酒的人来。胡万学想,眼下正是春耕时节,大伙都忙,估计要到点了才来,便让人把饭菜全部先摆上,等村民一到就开席。可不觉间时间已到午后一点钟,仍不见有人来,桌上的菜早已冷得冰凉。胡万学幡然醒悟,他被村民涮了坛子,上当了。

据说,自那天后,胡万学家整整一个月都没开过火,天天守着那二十几桌饭菜吃,实在吃不完的,就通通倒去喂了猪。

惯偷

寂寞、萧条已久的村中，突然出现了盗贼，这让黄杨村的村民们惶惶不安起来。据母亲后来回忆，发生盗窃的那天晚上，村中的狗一直叫个不停。拿手电筒照射，却又未发现任何异常。正是寒冬腊月的天气，老人们怕冻，也就没想太多，全都钻进被窝入睡了。

第二天晨起，发现村中大部分人家里，都已被盗贼光顾过。被盗走的，有公鸡，有山羊，还有灶房顶上挂的烟熏肉。吴国修家情况最惨，圈里的六只鸡，被盗得一只不剩，粮仓里藏的几袋花生，也悉数被偷。盗贼走时，还在他家的泡菜坛旁边拉了一堆屎，作为纪念。

丢了东西，大家心里都窝了一肚子火，但又找不到发泄的地方。互相见了面，便只好说些宽心的话："算了，就当贼娃子拿去抓药吃了。"

说归说，心头之恨终是难消。于是，大家都在猜测，贼娃子究竟是谁?吴国修认定是刘二娃子干的。经过分析,这个判断得到大家一致认同。

刘二娃子是黄杨村的"惯偷"。

以前,打工潮还没兴起的时候,青壮劳力都待在家里干活。每户人家都储藏有大量粮食,还喂养了不少家禽。逢年过节,家家杀鸡宰羊的,也算热闹。刘二娃子向来不学无术,整天游手好闲,又喜好打扮。每逢赶集,他必跑到镇上去"下馆子"。吃香喝辣之后,便去麻将馆赌博。输了钱,就回乡去偷。他那一双睁得溜圆的眼睛,带了毒似的,总是觊觎着别人家里那些东西。

刘二娃子什么都偷,撞上什么偷什么。实在没有东西可偷,地里的青菜,他也会顺手牵羊,拔上几株。因此,村人们对他都十分提防。但贼是防不胜防的。每次下手之前,刘二娃子早就踩好了点。等被他盯上的人家一上坡干活去了,他便趁机破门而入,像个间谍般翻箱倒柜。得手后,即迅速撤离。故一般来讲,只要刘二娃子还在村里,家中都要留个人守屋。

黄杨村的每户人家,都曾给刘二娃子"捐献"过酒钱。村人们诅咒他,骂他是"众人的儿"。刘二娃子的父亲受此屈辱,深感颜面丧尽。一天夜里,当刘二娃子熟睡后,他找来根绳索,将刘二娃子绑了,罚他在香案前面对列祖列宗,跪了三天三夜。

但狗改不了吃屎。三天过后,刘二娃子故技重施,照样在村里干那些偷鸡摸狗的勾当。

后来,随着外出打工的人多了,村子逐渐空了起来。刘二娃子也随之将自己的"根据地",从乡下拓展到了县城。

刘二娃子进城后,听说加入了一个什么组织。那个组织行规甚严,每天分成小组,专门在车站码头进行扒窃。每个小组四人,派两人望风,另外两人下手。扒窃时间长了,刘二娃子的胆子越来越大。扒窃已不能满足他的欲望。通过精心策划,他伙同一帮喽啰,开始了抢劫。

有一回,在县城的菜市场,有村人看见刘二娃子抢劫一个买菜妇女脖子上的金项链。那个妇女发觉后,声嘶力竭地大喊,只见刘二娃子大摇大摆地穿过人群而去,竟没有旁人回应。

刘二娃子因为抢劫,蹲过三次牢房了。一次是抢摩托车,一次是抢路人的手机,还有一次是冲进店铺,去抢收银台。就在村里被盗的前一周,刘二娃子才刚从监狱放出来。

刘二娃子一回来,村里就出现了盗窃事件。看来,吴国修和其他人的判断并非没有道理。

但后来根据镇派出所提供的证据看,此次集体被盗,并非刘二娃子干的。当晚,恰好有哥们儿给刚出狱的刘二娃子冲喜,他们在镇上的饭馆里喝醉了酒,待了一个通宵。

排除刘二娃子的偷盗嫌疑后,村人们都傻了。他们都不相信——难道这个世界上,还有比刘二娃子更霸道的贼吗?

一个已经破败的村庄,却也那么不得安宁。

闲人

男人都喜欢谈论政治，老男人尤其如此。无论是茶馆里，还是酒桌上，他们一旦提到政治话题，总是滔滔不绝、头头是道；甚至说得眉飞色舞、唾沫飞溅，仿佛整个世界时局，皆在其掌握之中。如果从他们中间，随意抽一个人去治理国家，那一定是高射炮打蚊子——大材小用。

城市里的男人如此，乡下的男人也不例外。

黄杨村有句俗语："天干造谣言，落雨平秧田。"意思是说，春耕时期若遇到干旱，土地无法耕种，农民就会聚众吹牛，散布谣言；而倘若上天赐福，雨水充沛，农民都忙着播种，平整秧田，也就没有时间造谣了。但当下的现实是，即使没有干旱，也没人再去春耕，良田都荒芜得差不多了。那些原本有气力春耕的人，大多去了城市里的车间或工厂，靠生产钢铁、纺织物等工业产品来替代粮食。而剩下那些已经没有力气提锄头的老人，只好背着双手，拄着拐棍，在春光里兜一圈，又远望着春光慢慢流逝。实在寂寞得慌了，就跑去镇上的茶馆，打打长牌；或泡一杯廉价的茶水，坐上一个上午或下午，谈谈国内形势和国际形势。当然，他们的谈资，无疑都是从电视上的新闻报道里来的。

吴国厚当过十多年大队书记，识文断字，算得上是个老茶客了，也是个知名的"政论时评人"。只要他一开腔，那必定是语惊四座。刚入茶馆，他便高声嚷嚷开了："你们昨晚看新闻了吗？俄罗斯与乌克兰局势。依我看，俄罗斯最'恶'，乌克兰最'巫'。"见听者不解，他分析道："你想啊，俄罗斯派那么多坦克、大炮到克里米亚街头显摆，却又不打，吓得对方尿流，屁股都夹紧了。这种损招，书上叫作不战而屈人之兵，那还不叫'恶'吗？乌克兰就更麻烦了，连信教都不同，东边的信东正教，西边的信天主教，明明是同一个西瓜，却非要拿两把刀来切，这就叫'巫'。你看'巫'字嘛，上下都被封死了，中间一根竖杠子，把人分隔在两边，无论如何都难统一。"茶客第一次听到能用《说文解字》来分析时局的，无不对吴国厚另眼相看。

有时，在品评政治之余，他们也会谈点插科打诨的段子，聊以取乐。就像在吃完正餐之后，要吃点水果；吃完面条之后，要喝碗豆浆。张天胜和龙生麟是茶馆里的一对活宝，他们不但嘴巴会侃，还极富表演才华。二人你一言我一语，像说相声似的，龙生麟问："主席，你说这个世界上，最快乐的事情到底是啥子？"张天胜答："做爱。"龙生麟问："未必就没有比这个更快乐的事情？"张天胜答："再做一次。"对话说完，在座的人无不笑得人仰马翻。有人起哄，再讲一个，再讲一个。龙生麟边走边吊胃口："明天请早,明天请早,我得赶回家牵山羊去配种呢,晚了,就错过时机了。"大家又一阵哄堂大笑。

这便是底层百姓的生活。

我曾在村头的晒场边,听到两个老人在对话。他们各自叼着一袋叶子烟,坐在暖融融的阳光里,孤寂中透着几分安详：

"一个岛有啥好争的?"

"说是岛下有石油。"

"现在都照电灯了,石油还拿来干啥?"

"万一停电,也可以用嘛,不然摸黑啊。"

"我看,争岛有啥用,还不如争争岛里的鱼。"

"鱼拿来有卵用啊?"

"咋会没用呢,下酒啊!"

…………

隔一会儿,两人换了袋烟,又接着聊上了。

"电视上说,马来什么西亚的一架飞机不见了。"

"是啊,在天上飞得好好的,咋会不见了呢?"

"看来,那个国家生产的飞机真是马货(歪货)。"

"说是掉到海里了,找了几天都找不到。"

"掉进海里哪有找不到的,拿网兜捞啊。"

"你真以为那是条鱼吗?"

…………

我见两个老人聊得正起劲,便从他们身后悄悄走了过去。

亡牛

黄杨村素有"养牛伺农"的传统。所谓"养牛伺农",即指那些靠喂养耕牛为主,并在春耕时节,专门替无牛的人家犁土耙田的活计。那时候,都是几家人合养一头牛。因此,一到春种时节,家家都等着开秧门,一头牛根本不够用。大伙你抢我夺的,经常发生吵架斗殴之事。牛正在给一户人家耕田,另一户人家眼看田快耕完,便早早蹲在田坎上候着。等牛刚一上坎,即被候着的人牵走。由于连续作战,又劳动时间长,牛被累得筋疲力尽。往往一个春耕未完,牛就病倒了。每年春耕,都有牛被劳累致死。因此,村里人为保护耕牛,又不耽误春耕,一般都要雇牛耕田。如此一来,那些养牛伺农的人,也就成了农忙时各家堂屋里的座上宾。

老聋头从拖得动铧口起,就开始养牛伺农了。他那会儿人年轻,打转身快,加之养的牛又膘肥体壮,村里人都喜欢雇他来犁田。老聋头向来为人仗义,干活踏实,别人犁两遍的田,他要犁三遍，从不偷工减料。田犁完了，也不收高价。别人犁一亩田收费五元，他只收三元。有人过意不去，非要多给他。他坚持不要，说："乡里乡亲的，哪有不求人的，活出在手上，没啥。"况且，他替人犁田，从不挑肥拣瘦，尤其对伙食，素不讲究。不像有的伺农人，人家雇他犁田，故意把架子摆得很高，必须要好酒好肉款待，外加一盒好烟才肯牵牛下田。否则，他们会借口牛没空，给推脱掉。老聋头就没这恶习，有啥吃啥。哪怕桌上只有稀饭泡菜，他也会吃得十分香甜。

村里的王长喜每年都要请老聋头犁田，见他为人憨厚、本分，愿将自己的二女儿嫁给他。老聋头见喜从天降，乐得几天都没睡着觉。可结婚没多久，王长喜的女儿便回娘家哭诉，说他们毁了她一辈子。王长喜问："你为啥这么说？"女儿说："他根本就不爱我。"王长喜问："那他不爱你，爱谁？"女儿流着泪说："牛。"

据王长喜的女儿讲，自她嫁过门后，老聋头每天一起床，就待在牛圈里，啥事也不干。他只晓得给牛梳毛，打蚊子，捉虱子。干完这些，就牵牛到坡上吃草，一直要到太阳落山，才又牵着几头牛慢悠悠地回家。

王长喜听完女儿的讲述，劝慰道："我看这不是什么大不了的事，只能说明他跟牛有感情。牛是你们家的经济支柱，他这样做，也是可以理解的。"王长喜话一说完，谁知女儿哭得更凶了。她抽噎着说："即便这些都不要紧，那他也不应该干出那样的事来！"王长喜不解，问："哪样事？"女儿羞羞答答地吐出两个字："日牛。"据说，有好几次，她都在牛圈里，看见老公脱下裤子，趴在母牛背上抽动。王长喜一听，肺叶都气炸了。女儿回去后，就跟老聋头离了婚，重新嫁给了斑竹村的谭木匠。

若干年后，老聋头才道出实情。他说王长喜的女儿是个骚货，在嫁给他之前，就跟谭木匠有一腿，两人经常在后山的一个岩洞里媾和。她之所以编造出爬母牛背的事，完全是想跟谭木匠在一起。

或许是把女人看透了，自离婚后，老聋头一直跟他那几头牛相依为命。

几十年过去，如今的乡村早已无田可耕，而曾经那些为农民立下汗马功劳的耕牛，也早已随着良田的荒芜，退出了人们的生活。你随便到乡下一走，就是人都难得看到几个，更莫说见到牛了。

但唯独老聋头却一直养着头牛。他走到哪里，身后的牛就跟到哪里。没人记得清，老聋头一辈子到底养过多少头牛，但他自己肯定记得清楚。有一次，我回乡看到老聋头在牵牛吃草，便问他："现在田地都没了，你还喂牛干啥啊？"老聋头手拿一杆叶子烟，瘪着漏风的嘴说："谁说牛一定是养来耕田的？"我说："那不耕田，养来干啥？"老聋头没有回答我，牵着牛走了，像牵着一个老伴。

去年冬天，我回乡下时，没再看到老聋头和他的牛。一打听，才知道老聋头已经去世了。我问："那他那头牛呢？"村里人说，就在老聋头病重的前几天，他想把牛送人，可没有人愿意喂养，嫌喂闲牛没啥用处。他便托人预约了个牛贩子，准备卖给屠宰场。可就在牛贩子来的前夜,那头牛却挣脱鼻绳,偷偷地跑了。有人寻着牛蹄印,最终在一个山崖下,找到了牛的尸体。

老聋头知道牛已坠崖后,才满含泪水地闭上了眼睛。

购房梦

政府要搞新农村建设,便招商引资,在村庄不远处辟了一块地,建了几栋商品房,以每平方米一千五百元的价格销售给当地居民。售房政策甫一公布,村民们都蠢蠢欲动。邻近几个村的乡民,像是受到外界突然袭击的马蜂,纷纷奔走相告,一边通知在外打工的儿子儿媳回来商量对策;一边四处向亲戚朋友筹款。由于房屋不能办按揭,开发商先让购房者登记,交预付款五万元(概不退还)。然后根据售房套数定量造房。交房时,再一次性结清尾款。

张铁生的儿子儿媳决定购一套房,可他们这些年在外打工所存的积蓄并不多,总共只有四万块钱。他们想尽各种办法,就是凑不齐预付款。无奈之下,两口子想到了圈里养的那三头猪。猪是张铁生和老伴熬更守夜,辛辛苦苦喂养的。当儿子提出要卖猪时,张铁生坚决反对,他说:"这猪是我跟老太婆唯一的经济来源,你们两口子在外讨生活,又没寄一分钱回来,把猪卖了，我们怎么办？你妈常年生病，要是遇到个三长两短，谁管我们？你这个不孝的东西。"没想到张铁生的一番话，却激怒了儿子。儿子气急攻心，跨步上前甩手就给张铁生一耳光。张铁生用手摸着灼痛的脸，半天没回过神来。老伴见势不妙，吓得浑身哆嗦地跪在地上，边哭边向儿子求情。谁知，儿子丝毫不顾母亲的规劝，仍怒目圆睁，大声吼道："你们不要倚老卖老，我落得今天这个下场，全是你们给害的。"

儿子打骂完父亲后，就抄着手出去了，直到吃晚饭时，也不见回来。他还在四处为预付款的事发愁。老伴叫张铁生吃饭，他一声不吭，坐在院坝边的条石上，一口接一口地抽闷烟，直到把烟袋里的烟叶抽完，才回房睡觉去了。老伴让孙子孙女给张铁生端去饭菜，哄爷爷开心，张铁生仍是不理，躺在床上，望着屋顶上的青瓦发愣。老伴体谅张铁生的心情，便再没去打扰，独自收拾碗筷到灶房忙活去了。孙子孙女也开始守在电视机旁，看起了动画片。

待老伴忙完灶房的活儿，准备为张铁生倒杯热水时，才发现躺在床上的张铁生不见了。老伴慌张地喊了两声："老头——老头——"没人应。跑去问孙子孙女，也说没看到人。这时，老伴乱了方寸。她急忙冲向院坝大声喊叫："老头——老头——"仍未听见回应，老伴害怕得哭了起来。

当儿子气咻咻地回来时，看到家门前的池塘边人声嘈杂，几只手电筒在晃来晃去，预感出事了。他急匆匆跑近一看，发现父亲上半身栽在池塘里，满嘴都是泥，两只放大的瞳孔充满血丝。张铁生的尸体旁，放着一个空农药瓶子。儿子一下傻了眼，双腿直打哆嗦，像一棵飓风中不停摇摆的树苗。

夜更黑了，距离天亮还有整整六小时零四十八分钟。

捕蛇人

农历三月三一过,冬眠的蛇便开始爬出洞口,四处活动,晒太阳找食物了。这时,捕蛇者也跟着多了起来。他们左手提个编织口袋,右手拿根铁丝锤成的弯钩,在山头地角,岩隙石缝间游走。

那些蛰伏了一冬的蛇,或许还没完全适应逐渐变暖的气候,蜷伏在某棵树杈上,或盘曲在水边的蒿草丛中,专门等着捕蛇人来捉似的,懒懒散散。而捕蛇人却是绝对的经验充足。只要他们从山间小路走过,仿佛就能嗅到有蛇出没的气味。再低头一辨蛇爬行后留下的踪迹,捉之,也就十拿九稳。

金娃子是黄杨村最擅长捉蛇的人,他捉了二十多年,各种各样的蛇都见过。他捉蛇的技术可谓一流,根本不用铁钩,只消用两只手即可。蛇刚现身,他即快步蹿上去,一只手捏住蛇的头,另一只手卡住蛇的七寸部位,蛇便犹如一条草绳样,乖乖地就范。但这种方法,一般只适用于乌梢蛇和菜花蛇等毒性较小的蛇。若遇到像青竹标、烙铁头、火炼子等毒性较大的，金娃子则采用自制的一种"迷蛇粉"。据说，这种粉剂对蛇有麻醉效果，只要将粉剂倒入竹筒，撒向蛇的头部，一分钟内，蛇就会晕死过去。

为研制这种药物，金娃子整整花了五年时间。很多捕蛇人都想知道此药配方，可金娃子十分谨慎，从不泄密。有人采用了很多手段，诸如花钱买、灌酒等，最终都是一无所获。因此，凭借此种独门捕蛇药物，捕蛇者暗称金娃子为"蛇神"。

只要蛇神出山，再毒的蛇，都会闻风丧胆，避之不及。

金娃子靠捕蛇挣了不少的钱。那些年，流行吃蛇肉，各大城市餐馆都有蛇肉卖，每条蛇能卖一百到两百元。金娃子只要一捕到蛇，就风风火火提去城里卖，从不缺销路。可近些年，国家对贩卖野生动物管得严，城里的很多餐馆都不敢明目张胆卖蛇肉。而很多想吃"龙凤汤"的人，便只好去较为隐蔽的农家乐。金娃子一见市场有变，灵机一动，索性跟好几家农家乐签订了协议，长期为他们供应蛇肉，价钱比过去城里餐馆高出几倍。

但金娃子生性好赌，每次卖完蛇，就急匆匆跑去茶馆赌博。钱输完了，又去捕蛇卖。有时，若欠了人家的债，他就拿蛇去抵。一次，他欠了牌友500块钱，人家催问几次了，说要是再不给钱，就要当众脱他的裤子。金娃子慌了，第二天，他就抓了两条蛇拿去抵债。可恰好牌友外出办事，只有婆娘在家（她平生最怕的就是蛇）。金娃子一进门，即对牌友的婆娘说："我欠了你老公500块钱，没有现钱还，喏，拿两条蛇去熬汤喝，补补身子，算是还债。"说完,从布袋里掏出蛇,扔到屋里就走。那两条蛇在屋中乱爬,吓得牌友的婆娘瞬间晕了过去,听说还吊了几天盐水。

从此以后,就再没人愿意跟金娃子打牌了。

在赌场失去了信任,金娃子痛定思痛,决定金盆洗手,靠捕蛇东山再起,发家致富。一年四季,都看到他在山岭沟谷间忙碌。有时深更半夜,还看到他打着手电筒,在草丛里寻找蛇源。村里人说,只要金娃子在,晚上走夜路,都不必担心有蛇咬人。因为,黄杨村的蛇,都被金娃子抓得差不多了。

兴许是蛇发觉了生存危机,若再不繁衍后代,不久的将来,蛇类将在地球上销声匿迹。于是,趁金娃子还没出山,它们便抓紧时间交配。可金娃子是何许人?蛇神啊!蛇繁殖得再快,也快不过他的那双手,快不过他的独门"迷蛇粉"。

顺便说一下,按照民间说法,若人遇到蛇交配,那是很不吉利的。必须解下腰上的皮带,扔得远远的,且朝地上吐三下口水。否则,必遭大殃。搞不好,还有血光之灾。

金娃子捕了大半辈子蛇,也只遇到过一次"蛇缠蛇"的现象。所以,要是一般的农人,就更不容易遇到了。但也许是命丧金娃子之手的蛇太多,它们故意报复他。一天上午,金娃子照例去山坡扒蛇。刚一扒开草丛,即有两条蛇像麻花儿般扭在一起。金娃子把口袋一扔,试图解皮带。可当双手摸到腰间时,才发现自己并没皮带可解。他这辈子,只拴过一条皮带,还是他叔公去世时,见他可怜,遗留给他的,早在上次遇到"蛇缠蛇"时就扔了。金娃子这下慌了神,若不扔皮带,将会倒大霉。情急之下,他记起曾听人说过,要是没有皮带,把裤子脱下来扔掉也行。没怎么多想,他便迅速把裤子剥下扔出一丈多远。

不料,金娃子那天正好没穿裤衩。他见四周无人,疯狗一样朝回跑。在路过一个急弯时,他不慎撞到一棵洋槐树上,惊动了树枝上吊着的马蜂窝。马蜂以为敌军来袭,倾巢而出,像无数架微型战斗机,黑压压一片,铺天盖地向金娃子发起总攻。不多一会儿,金娃子光裸的屁股,便被马蜂发射的剧毒炮弹击中。回到家后,臀部肿得跟猪屁股似的。

金娃子趴在床上,痛得妈一声娘一声地叫。当天夜晚,他就以身殉职了。金娃子临死前说的最后一句话是:"老子抓了一辈子蛇,却不料死在蜂子手里。"

下乡记

在钢筋水泥的城市里待得厌烦了，就老是惦记着往乡下跑，去接接地气。否则，心里会闷得慌，人也抑郁得很，成天像是被霜打过的茄子，全没了精气神儿。

一天，阳光出奇的好，在几个朋友的陪伴下，我驱车到乡下兜风。透过车窗，可以看到公路两边的景致。一些尚未被荒草掩藏的田畴里种着蔬菜，绿色的叶子青翠欲滴。几只黑山羊在田坎上吃草，摇头摆尾的样子，真是逍遥自在。或许是到了秋天的缘故，远远看去，山坡上的茅草枯萎了，灰灰的一片，像是画布上已经褪色的颜料。一路上，朋友们的心情似乎都不错。有人还唱起了山歌。歌声在乡间上空飘荡，宛如白云缭绕在山巅。

我们去的这个地方，当地人称"杀人坳"。据说这里曾是"棒老二"的巢穴。所谓"棒老二"，也即土匪。这些人烧杀奸淫，无恶不作，方圆几个村的人都闻风丧胆，退避三舍。因此，"杀人坳"这个叫法，既是对那群"棒老二"的诅咒，又是告诫村民千万不要踏入雷池。

到达"杀人坳"的时候，已经快中午了。于是，有朋友建议，干脆在村民家里吃午饭，给他们一点钱。他们吃什么，我们就吃什么。朋友的建议得到了大家的响应。可我们走访了几家村民，人家都以农活儿忙为由推脱了，不愿意做饭给我们吃。当我们转身离开，他们又开始了各自正在干着的事情——该搓麻将搓麻将，该晒太阳晒太阳。

眼看午餐无望，驱车回县城又需要太长时间。无奈之下，恰好同行中有个朋友曾当过知青，深谙农民心理。他灵机一动，想出个"损招"。他领我们走到一个正在挖土的农妇身边说："我们是县政府派来的干部，专门来调查农民生活情况的。你看能否给我们做顿饭吃，我们给钱。"随后，朋友指着我说："这个年轻同志是个记者，回去后要写材料在报纸上发表的。"

这招果然奏效，那个农妇二话没说，扔下锄头就把我们带到了她家。一到家就开始忙碌，还拿出腊肉、香肠招待我们。农妇姓肖，五十多岁，其丈夫常年在外地打工。她生有两个闺女，都已出嫁。农妇知道我们是"干部"，态度极为热情，脸上总是挂着笑。吃饭时，她滔滔不绝地跟我们讲村中发生的各种情况。当然，谈得最多的，还是她自己家里的事。主题都是"贫穷""缺钱"，希望政府能够帮她解决生活困难。她还说，由于自己没有生男孩，常被村里人瞧不起，老是被别人欺负。说到动情处，泪水不停地往下流。当我们都劝慰她时，她又破涕为笑，说："你们今天来，算是替我在村里撑了腰。今后，看还有谁敢瞧不起我。"

说来也怪，我们刚在农妇家吃完午饭，就有左邻右舍前来串门。在串门的人中，就有先前不愿给我们做饭吃的村民。据农妇讲，这些人平时是从来不会到她家走动的。

农妇见串门的人越来越多，脸上露出得意的表情。一边搬凳子让邻居坐，一边大声地说："都是县里的干部，下来了解情况的。"农妇的高调，反而让我们几个"伪干部"有些心虚，跟做了贼似的。

见那些村民围着我们问这问那，我们怕招架不住露了馅，便互相递个眼色，借故公务繁忙，匆匆撤退了。

临走时，我们付给农妇一百元午餐费，她死活不肯收。推来搡去很久，才勉为其难地收下了。

从农妇家里出来，直到我们都走远了，她还在朝我们挥手喊道："干部们下次再来啊，一定要来啊！"

而那些串门的村民们，瞬间都变成了农妇的"亲戚"，站在她家的院坝里迟迟不肯散去。

山鼠之劫

两年前,一个月夜,张子笑的婆娘逃跑了。

那是他四十岁那年,去贵州打工时带回来的。他当时跟对方说:"我们那里是平坝,条件比贵州好几十倍,顿顿吃白米饭和肥猪肉,不像你们这里,山高路陡,碗里净是玉米棒子。"对方信以为真,便跟着他走了。可到家一看,才知道张子笑是个孤人,只有一间土墙房子,条件比她家还不如。而且,居住环境同样是丘壑连绵,穷山恶水。女人大喊上当,但生米早已煮成熟饭,也就只好认命,得过且过了。

一天,婆娘躺在张子笑的臂弯里撒娇说:"我既然受骗跟了你,那你能不能答应我件事?"张子笑爽快地说:"尽管开口。"婆娘说:"我曾看到那些城里女人穿的羊毛外套,很修身,很好看,你能不能也为我买一件,就算是给我的结婚礼物?"张子笑沉默了一会儿,支支吾吾地说:"没……没……问题。"其实,张子笑心里清楚,那种羊毛外套,至少都要成百上千元一件,像他这种连饭都吃不饱的人，哪有钱去买那玩意儿。但为了不让婆娘扫兴，他还是咬牙应允了。

女人的心思都很细腻，虽然张子笑话一说完就忘记了，但婆娘却把他的承诺时刻记在心头。每天盼星星，盼月亮，却从不主动问询。可一个月过去、三个月过去、半年过去……仍不见张子笑行动，婆娘终于忍无可忍，逃之夭夭了。

婆娘一走，张子笑变得闷闷不乐。原本就懒惰的他，越加懒惰起来。每天什么都不干，只对一件事情有独钟——榨耗子。

村里人都不解，心想一个大老爷们，整天正事不做，跑去榨那野物子干啥？可张子笑丝毫不管别人的看法，照样我行我素。他从早到晚都在岩缝旮旯里钻进钻出，观察耗子出没的踪迹。

榨耗子对于张子笑来说，可谓驾轻就熟，他自幼便干这行当——用竹子做个撬弓，撬弓上安放一块大石板，撬弓下卡一根细竹签，竹签上串一小块红苕。只要耗子跑到大石板下触碰红苕，撬弓上的机关将在瞬间滑脱，把耗子活活压在底下。一般来说，耗子大多在夜间活动，故只要入夜前将撬弓搭好，便可以回家放心睡觉去了。第二天，直接去石板下取耗子即可。

张子笑撬弓搭得多，一到翌日天明，上坡干活的人就看见他周身挂满大大小小的耗子朝家走，像一个猎人带着猎物满载而归。张子笑把榨来的耗子开膛破肚后，个儿大的就提去卖给镇上的餐馆，个儿小的就留着自己吃。他将耗子挂在灶房上，抹上盐，像熏制腊肉一样熏干。什么时候想吃了，就取下几个拿来火爆或红烧。那种香味，能把过路的人馋得口水直流。只要村子上空有异香飘动，那一定是张子笑又在红烧耗子肉了。

特别是在他婆娘逃跑后的大半年，张子笑对黄杨村的耗子进行了疯狂的猎杀，撵得耗子满坡跑。后来，人们发现张子笑真正感兴趣的，其实并不在耗子本身，而是耗子皮。他家的院墙上，院墙旁的树枝上，都挂满了耗子皮。他每天都要将那些耗子皮翻晒几次，当珍宝一样呵护着。

再后来，张子笑突然就不榨耗子了。他把自己关在屋内，半个月没出过门。村里人以为他生病了，跑去一看，发现张子笑早已死在床板上。他的尸体旁，放着一件用耗子皮缝制的毛外套。而且，他还利用剩下的皮子，给自己缝了一顶帽子。

安葬张子笑时，有人要将他头上的帽子扔掉。可揭下来后，才看清他的一只耳朵，不知何时被耗子给咬掉了。大伙叹口气，只好重新将帽子给他戴上，连同那件外套一起埋葬了。

男娃女娃

四十五岁的王淑兰又生了。

据说她在生产时大出血，险些没能从鬼门关里爬回来。这已经是王淑兰生的第三个孩子了。她前面三个生的都是男孩，这次总算如了心愿——生了个女娃。

过去，受"重男轻女"思想影响，要是谁家没有个男娃，在村里是抬不起头的。有的人家连续生育三四胎都是女娃，那么，他们无论冒多大的风险，哪怕砸锅卖铁，负债累累，也要"躲"一个男娃来延续"香火"。所以，那时候被抛弃的女婴就特别多。

然而，在当下的乡村，想生女娃的人却越来越多。以前是重男轻女，现在讲究"儿女双全"。已经生有儿子的人家，想方设法都要再生个女孩。究其原因，是过去养一个儿子，没有那么大的压力。只要让他吃饱穿暖，把身体养壮实，成年后能干粗活重活，就能讨个婆娘，把一个家经营得有模有样，得到左邻右舍的称赞。可如今，倘若养一个儿子，做父母的没有为他留有足够的积蓄,又没能力在镇上或县城买商品房的话,是很难讨到婆娘的。

我一个亲戚的孩子,人长得很标致。初中毕业后,就随父母在乡下发展副业。喂过鱼,办过养殖场,种过豆芽和蘑菇,在同村人中,家庭条件算比较好的。可他一直在为找对象的事烦恼。其父母曾委托媒婆四处提亲,结果都是竹篮打水一场空。愿意来"看家"的姑娘,对小伙子倒是百分之百的中意,但却对他目前的"工作状况"表示不满。认为他靠发展副业,虽也能养家糊口,但太辛苦,太累。她们都想嫁个体面的男人。今年春节回乡,我到亲戚家拜年,看见这个已经25周岁的青年。我问他:"婚事可有眉目?"他说:"现在的女娃儿都他妈势利,找个踏实过日子的人难啊!"

养女儿就不一样了。不愁嫁人不说,关键是成本低,还是家里的"摇钱树"。

黄杨村的刘隆富生有四个女儿。十几年前,他就一直在盘算要个男娃,可上天偏不肯眷顾他。他也为此怨天尤人,郁郁寡欢。对几个女娃从来是又打又骂,不当人似的。可好在几个孩子都不记恨他,成天仍爸爸爸爸的叫得欢。哪晓得,十几年后,他却转悲为喜,对几个女娃疼爱有加,视为掌上明珠。这让全村的人羡慕不已。

别看刘隆富长得不咋样,他的四个闺女却一个比一个漂亮,水灵灵的,如花似玉。关键是他那四个女婿,更是一个比一个了得。大女婿在镇上开水泥厂,他拿钱为刘隆富修了一座二层预制板楼房。那也是黄杨村有史以来建造的第一座楼房。房子竣工当天，刘隆富家的鞭炮声足足响了一个多时辰，把全村人的眼睛都炸绿了。二女婿是个包工头，他出资为刘隆富家修了一条水泥路，直通村外，改变了过去"泥水烂路"的现状，让全体村民都跟着享了福。三女婿在县城跑运输，买了三辆大货车，专门在工地拉土石方。他与刘隆富的三闺女结婚第二天，就派人送来席梦思床、大彩电、冰箱、洗衣机和沙发，把刘隆富的家装扮得富丽堂皇。这些现代高档家具，更是让穷怕了的村民们开了眼界。那段时间，凡是出地干活的人，都要绕道刘隆富家门前走过，并放慢步子，偷偷地朝他一直敞开的大门望上几眼。四女婿最有社会地位，他原是一个镇的副镇长。据说在一个偶然的场合见到刘隆富的四闺女后，便魂不守舍，随即回去与妻子离了婚，成了刘隆富的关门女婿。前年，他刚升了职，调往县里的某个要害部门担任一把手。自从刘隆富有了这第四个女婿后，走起路来腰杆比过去挺多了。双手总是抄在后背，嘴上叼支烟在村里闲逛，像个基层干部在视察工作。每年春节，还有人专门为刘隆富送去年货和慰问金。

以至于村民们在聊天时总会说："要带女娃才有福哇！你看狗日的刘隆富，家里都快变成金库了。"

菜农

戴明秀每次进城,都要背一筐蔬菜。菜都是自己种的,没有使用过化肥和农药,顶多不过淋了点儿猪粪。绿色,天然,无公害。吃这种蔬菜,你完全不必担心危害身体,致癌的可能性那就更是微乎其微了。

她之所以不辞辛劳,背菜进城,完全是为了儿子。她儿子在餐馆里当厨子,刚刚添丁进口,儿媳还在坐月子。戴明秀不放心儿子从市场上买来的那些菜,她在电视上看到,说吃了转基因的大棚蔬菜,会对人体产生副作用,尤其对婴儿的发育不利。虽然,她并不懂何谓"转基因",但她相信电视里说的话。戴明秀说:"电视是国家领导人经常出现的地方,难道还会说假话吗?"

戴明秀的儿媳妇是个城市姑娘,且打小就有洁癖。地上稍微有点儿灰尘,就要反复用拖把拖。哪怕落一根头发,也要用镊子夹起来放入垃圾桶,并用湿巾擦干净。媳妇只要见婆子妈背着大筐蔬菜进屋,就气不打一处来,嫌背筐弄脏了客厅。但她碍于情面,怕伤了婆媳关系,又总是忍气吞声,故意装出热情的样子。一到晚上,待丈夫下班回家,她终于找到了发泄的对象,痛斥婆子妈的诸般不是。骂戴明秀纯粹是无事找事,弄一筐"烂菜叶"到家里来占地方。还提两只土鸡来喂在阳台上,鸡屎拉得满地都是,臭死了不说,咯咯咯咯的打鸣声,更是闹得人没法睡觉。她说:"要是你妈下次再这样,你就从我床上滚下去,跟阳台上的鸡一块儿睡。"丈夫安慰道:"老婆大人息怒,妈也是为咱们好。市场上买来的菜的确不放心,我在餐馆掌勺,知道那些菜的来路。别看平常我们劝顾客吃,自己却是很少吃的。"媳妇反诘道:"那我从小吃这种菜长大,怎么没被毒死?"小两口争执不休,也就各自睡去了。

有一天上午,戴明秀又来为儿子送菜。刚一进门,即被儿媳凶了一顿。戴明秀还嘴道:"媳妇,我是为你们好,你还真把好心当驴肝肺了。要不是担心我孙子的健康,我才懒得管你们。"媳妇一听,暴躁了,积压已久的怨气像泄闸的洪水,劈头盖脸向婆子妈涌去,骂得戴明秀不敢应声。儿子急匆匆赶回家,见婆媳二人水火不容,担心事态扩大,只好委屈母亲,把背来的一筐蔬菜背回去。戴明秀边擦眼泪,边呜呜地哭着出了儿子儿媳的家门。

来到街上,戴明秀越想越想不通。她正准备坐车回乡下,见迎面走来几个中年妇女,问她的菜卖不卖。戴明秀想,既然这几个人识货,不如把菜卖掉。否则,背回乡下,会让邻居看笑话。她从旁边一家店铺借来杆秤,便卖起菜来。你还别说,不多一会儿,戴明秀背筐里的菜就卖完了。

回到乡下，戴明秀在儿媳家受的气，早已被挣了钱的喜悦冲得烟消云散。思来想去后，他跟老头商量，干脆专门种菜卖。翌年开春，戴明秀果真把家里的所有土地都翻挖出来种上了蔬菜。莴苣、萝卜、四季豆、白菜、豇豆……什么都种。待到蔬菜可以卖钱了，她就每天同老伴各挑两筐蔬菜去县城卖。因县城离乡下近，坐车只要十多分钟，一天可以往返两趟，菜的价格又好，一年之后，戴明秀让老伴买回一辆电动三轮车，用于运送蔬菜。

儿媳见婆子妈种菜挣了钱，主动回乡缓和关系。由于她没有固定工作，便也跟着种起菜来。这一来，还把她的洁癖给治好了。她每天都在地里耗着，两手沾满泥巴，却从不叫脏，也不叫累。再后来，戴明秀的儿子见种植蔬菜极具发展前景，也辞工回家共同种菜卖。

戴明秀的儿子毕竟是高中生，脑瓜子灵活。他觉得如果继续在家种菜，只能挣点小钱，成不了气候。于是，他专程跑去成都学习蔬菜栽培技术。技术学成后，他与人合伙，在县城边沿租了百余亩地，创办了蔬菜种植基地，取名"一点绿"。他们引进先进的设施设备，雇了一大帮农民四季管理蔬菜。短短几年时间，整个县城的菜市就被"一点绿"垄断了。

因我跟戴明秀的儿子是初中同学，他曾邀请我去基地参观。一走进大棚，便有一股呛人的农药味儿扑鼻而来。那些青绿的白菜上，没有一个虫眼。粗壮的萝卜栽在地垄，过了季节，却不腐烂。走近细看，原来整片地里铺了一层厚厚的防腐保鲜药，像冬季里的积雪。不远处，有几个农民身背喷雾器，正在喷洒药液。而他的父母和妻子，则在基地里走来走去，仿佛几个高管，在指导员工如何工作。

我开玩笑似的问："老同学，这些菜能吃吗？"他叼着支烟，吸了一口说："反正吃不死人。"我又问："你们家以前不是最反感'有毒蔬菜'吗？"他又吸一口烟说："我不种，别人也会种。"我再问："你们平常也吃这地里的菜？"他摇摇头，拿烟的手指向远处一块用竹篱笆圈出的地："看见没，那是我母亲单独种来自己吃的。"

我不再追问。

离开基地时，陪我参观的一个城里朋友说："都说农民傻，其实，城市人才是真傻。整天穿的是化纤，吃的是农药，却不自知。被人害死了，连胎都不好投。"

报复

　　老罗家与老丁家结怨甚深，深到何种程度，大概跟太平洋的水深，或者跟喜马拉雅山的海拔高度差不多。换句话讲，也就是有不共戴天之仇。俗话说得好，一山不容二虎，除非一公一母。可偏偏这两人都是爷们儿，又在同一个村里住着，抬头不见低头见，那结局也就可想而知了。

　　两家第一次结仇，是在"文革"期间。有天夜里，天降大雨，老罗组织人员将老丁家的一面土墙推倒了，老丁不服气，用砖头砸跛了老罗的右腿，还在他家的墙壁上抹狗屎。

　　"文革"结束后，两家人的仇恨不但没有消除，反而升了级，以至于还扩大到了子女身上。老罗的儿子叫罗生门，老丁的儿子叫丁克胜，年龄都差不多大，曾在同一个班上念书。罗生门是数学课代表，丁克胜是语文课代表，班主任经常把他俩召集到一起开会，研究学习问题。两人一见面就不对付，罗生门瞧不起丁克胜那文绉绉的模样，骂他娘娘腔。而丁克胜则看不惯罗生门的鲁莽举止,讥讽他脑袋大脖子粗,跟个地痞没啥区别。

一次,语文老师让同学们用"大吃一惊"造句,罗生门第一个举手,跑上讲台,故意在黑板上写道:"丁克胜他爸,在放牛时看见地上有一摊牛粪,他大吃一斤(惊)。"台下的人满堂哄笑,丁克胜涨红了脸,怒目圆睁。放学后,丁克胜便邀约一帮人,把罗生门堵在半路上,用一个麻袋罩住头,好一顿拳打脚踢,还敲掉了两颗门牙。第二天,班主任通知双方家长到学校处理问题。谁知,老罗和老丁一到办公室,就干上了。老罗骂:"丁杂皮,你生个野种不好好教育,到处惹是生非,竟跑到太岁头上动土来了。"老丁也不示弱,回骂道:"罗虾子,你生的那个龟儿子公开造句侮辱我,老子今天不弄死你不是人。"说着,双方便挽袖扎裤,挥拳相向。班主任越是规劝,两人越是麻雀跟鸡打架——高矮都要雄起。一阵厮打之后,办公室早已是一片狼藉。班主任呆坐在椅子上,见双方还想继续鏖战,气愤地吼道:"你们凶凶凶,曲蟮斗鸡公,那你们接着斗,我懒得管了。"说完,提起包转身就走了。

若干年后,丁克胜中师毕业,分配到一所村小当老师。而罗生门自中考落榜后,就一直在乡下种地。一个是人民教师,一个是地道的农民。两家人的差距,无疑是云泥之别。老罗家见老丁家日子越过越红火,心里五味杂陈,憋屈得慌,但又没有办法不让人家发展。

去年,老丁突发心脏病,死在丁克胜镇上的家中。按照老丁生前遗愿,要求将尸体抬回乡下安葬。丁克胜多年未回乡了,回去之后，才发现老家已经没有多少人，青壮劳力全都去了外地打工，连找个帮忙打阴井的人都难。正在他一筹莫展之时，罗生门屁颠屁颠地来了。丁克胜心一颤，想，莫不是来看热闹的吧。可罗生门一见丁克胜，就流着泪说："克胜，听说你爹走了，哎，人老了真没劲，你看，我爹还走在你爹前面呢。"这时，丁克胜才知道罗生门的父亲也去世了。继而，罗生门说："我来替你爹打阴井吧，乡里乡亲的，冤家宜解不宜结，像你爹和我爹，斗了一辈子，到头来还不是……哎，难道我们也要学他们吗？"几句话，说得丁克胜感动不已，他紧紧握住罗生门的手说："生门，那就麻烦你了。"说完，赶紧掏出烟递上，还发了一张长孝帕。

在罗生门的帮助下，丁克胜顺利安葬了父亲。

但就在下葬当夜，罗生门偷偷跑去坟地，朝丁克胜父亲的坟头插下一根长长的钢钎，还顺着钢钎灌了一瓢大粪。然后，他又跑到自己父亲的坟前痛快地哭了一场，坐在地上抽了根烟，才如释重负地回家睡觉去了。

欠条

左三娃与父母分家十多年了,到他父亲临死之前,都还心存恨意。

这事儿得从十几年前说起。

那时,左三娃刚刚结婚,弟兄姊妹多,锅里经常吃了上顿没下顿。因为吃饭问题,他婆娘没少受几个姐妹的气。不是骂她多吃了一块红苕,就是骂她多吃了一丝咸菜。左三娃的婆娘觉得自己毕竟是外人,胳膊拧不过大腿,便只能忍气吞声,每晚躲在被窝里哭。恰好那会儿,婆娘的肚子里正怀着孩子,左三娃怕营养不良,影响胎儿发育,便央求父亲,允许母亲每顿煮饭时,在锅里单独给婆娘蒸一碗白米饭。父亲没有同意。左三娃负气之下,要求分家,两口子单过。父亲说:"你要想好,别后悔。"左三娃语气坚决:"就算分了家饿死,也不吃你们一粒粮食。"

一家人就这样分成了两个屋檐。

分家时,按人头,左三娃两口子只分到50斤谷子,10斤面粉，外加20斤红苕。左三娃说："我婆娘肚里的娃不算人口啊，应该按三个人分粮。父亲看看站在身旁的老伴，以及三个女儿和一个小儿子，沉默了很久才冒出一句："娃没落地，只能按两个人分。"左三娃说："算你们狠。"

不久，左三娃的儿子呱呱坠地。但添丁进口的喜悦，很快就被残酷的现实给瓦解了。生活开销的陡增，使得他们这个新家更加捉襟见肘。左三娃的婆娘说："你干脆出去找个事干，窝在家里挖泥巴，根本不能养家糊口。"左三娃便去了镇上一个工厂当搬运工，经济条件慢慢开始好转，至少婆娘儿子能吃饱饭了。一段时间过去，受一个朋友鼓动，他跟人合伙做起了蔬菜生意，专门到城里批发生姜、大蒜。那些年，干这个行当的人还不是很多。短短几年时间，左三娃便挖到第一桶金，当起了老板。腰包鼓了，做事就有了底气。他在镇上买了一套房子，把妻儿从乡下接来居住。较之过去，左三娃家的日子，早已是今非昔比。

左三娃的父母见儿子发了迹，感到十分高兴，却从来不去找麻烦，只老老实实在乡下待着。左三娃也从来不回去看望他们，更不会在儿子面前提起爷爷奶奶。

前年，左三娃的父亲老喊腰疼，去医院检查，医生说是尿毒症，需要及时住院透析。老两口四处筹钱，几个女儿女婿处，包括左邻右舍，该找的人都找了，仍难以支付昂贵的医疗费。他们刚参加工作的小儿子，为给父亲治病，听说还偷偷地跑去卖过两次血。

几个女儿见父亲有钱就去医院透析，没钱就不去，建议他去找找左三娃。可父亲说："生死有命，别去添麻烦，我这辈子对不起他们两口子。"

老伴见老头子病情越拖越严重，一天，她偷偷地跑去镇上找左三娃，求他救救父亲。左老太说："三娃，怎么说，他都是你爹。以前日子苦，你爹也是迫不得已啊。看在我这当妈的面上，你就救救他吧！"左三娃态度一直强硬，即使母亲口水都说干了，他也坚决抹下脸去不予理睬。后来，见母亲跪在地上，不停给他磕响头，眼泪把地板都打湿了，左三娃的心才稍稍变得软起来。就在他准备答应拿钱时，左三娃的婆娘突然从屋里钻出来说道："拿钱可以，但得打张欠条，以后要还的。"左老太见钱终于有了着落，满口答应，便在欠条上摁了拇指印，借了三万块钱，匆匆地赶去了医院。

半年之后，左老头终究还是闭上了眼睛。左三娃的婆娘见状，担心钱收不回来，便天天嚷着要左三娃的几个姐妹和弟弟还钱。几个姐妹说："爹是大家的爹，都有责任赡养，治病时我们都出了钱的，你的钱凭啥就算借呢？"只有最小的弟弟不予争辩，他说："嫂子，你放心，借你那三万块钱，从我每个月的工资里扣一千作为偿还。"左三娃的婆娘说："那得还到猴年马月啊，你们当年不是个个都很能耐吗？"

左三娃的母亲见骨肉相争，气得三天三夜没吃一粒饭。过了没几天，就躺在床上，奄奄一息了。儿女们围在床前抹眼泪，唯独不见左三娃两口子。左老太大张着嘴，用力说出一句话："务必……把……三娃……叫来。"在姐妹们的拉拽下，左三娃到底还是来了。左老太刚见到他，从枕头底下摸出一张纸，颤抖着手塞给左三娃，放心地去了另一个世界。

左三娃展开纸一看，傻眼了，那居然也是一张欠条。写在一页皱巴巴的作业本背面。由于存放时间长，纸张受潮泛黄，出现了破损，大部分字迹已经漫漶不清，只能依稀认出几行字：

四月初七，三娃满十二岁，想要一双黄胶鞋，我没有钱买，欠着。

八月十六，女儿芹芹想吃个烧饼，考虑到钱紧张，欠着。

九月二十九，小儿子书包破了，让我给买个新的，我舍不得钱，欠着。

冬月十八，三娃两口子分家，考虑到家里其他人的口粮，我故意少称了两斤谷子，一碗水没端平，负了良心，欠着（怕是这辈子都还不清了）。

…………

左三娃看到欠条落款处写着——欠债人：左木清。他腿一软，跪倒在死去的母亲面前，大喊了一声："爹啊！"

中学生的信

赵老师：

　　你好！

　　虽然我很恨你，但我还是要叫你一声老师。我爸爸说过，一日为师，终身为父，这个尊师传统不能丢。我知道，自从我来到班上后，你就瞧不起我，认为我是从农村来的。这一点，从你对我的态度上，就可以看出。无论班级开展什么活动，你都不要我参加。上学期学校开运动会，我想参加田径赛，为班级争光，也想通过比赛，让你对我另眼相待，可你偏把名额让给了田原。田原身子那么虚弱，他能跟我比吗？不过是田原他妈经常请你吃饭，还利用她作为县医院副院长的职务，替你生病的母亲长期"开绿灯"罢了。

　　老师，我说出这些，你千万别生气。农民的子女是最实诚的，不说假话，请你原谅我的口无遮拦！

在学校里，我没有朋友，同学们都不跟我玩儿。他们嫌我穿着落伍，又没有钱。每个周末，同学们都要互相邀约去外面下馆子，到迪吧去唱歌，或者到农家乐去打牌，大家轮流请客。我也很想跟他们去，但我怕，怕没钱请他们吃喝，怕他们笑我无知。只要他们一去外面，我就偷偷躲在寝室里哭。渐渐地，他们开始疏离我，冷落我，见了我还指桑骂槐，故意嘲讽和侮辱我。欧阳子琪是同学中最有钱的，他爸爸是招商局的局长。每个星期到学校，他都要带好多好吃的东西来，有些还是外国货，我见都没见过。他把食品分发给要得好的同学吃，却唯独不给我，他骂我连他们家养的那条狗都不如。他身边总是不缺朋友，很多人想去巴结他还巴结不上。老师，你还记得那次吗？我趁他不在，把他的最新苹果电脑拿出来玩了会儿，不料被他发现了。他找人把我摁在厕所里，让我喝他的尿。我鼓起勇气来向你反映情况，可你问都没问，就批评了我一顿。说我不该去碰人家的东西，尽力帮他开脱责任。当时，我痛苦到了极点，觉得活着一点儿意思都没有。

后来，我才知道，他爸爸每年都要送你一台苹果电脑或手机，这是欧阳子琪亲口讲的。而且，他还说有次放暑假，他爸爸出钱请你们一家人去新马泰旅游。你们全都玩儿得很开心。我想，为何我的父母就那么无能啊，他们只晓得像头牛一样，每天与土地打交道。累死累活的，还挣不了几个钱，连我的生活费都交不起。老师，如果我父母是富豪,我也一定会让他们出资,请你们全家去国外旅游的,把五大洲四大洋都游个遍。

那样的话,兴许你会对我好点儿,就像对欧阳子琪一样。

老师,说来不怕你笑话,我一直想通过读书来改变自己的命运,父母也是这么告诫我的。你也看到了,刚到校时,我是多么勤奋,哪儿也不去,把心思全部用在学习上。就连上厕所,手里也不忘拿本书。可一学期过去,我的想法变了。觉得以前那种幻想通过"知识改变命运"的想法很无知。这个世界上的很多事情,不是你努力了,就一定有收获。就像光成绩好,不一定就能得到老师的重视。你还必须要有个好的出身背景,有个有权有势的父母。即使这些你都没有,那至少得家里有钱,哪怕被人说成"土豪"都没关系。土豪永远比贫困户光荣,有尊严,也比知识更管用。就像我们班上的冯笑笑,他爸爸是个卖水产的,有钱。天天开着宝马车来接她放学。校长都经常坐他的车,去他们家吃海鲜,令全体学生羡慕。前不久,学校建足球场,他爸爸以个人名义,资助三十万,这让冯笑笑在学校的地位陡增。每次开大会,校长都要点名表扬她,号召全体同学向她学习。可老师,我一个农村孩子,怎么向她学啊?

我唯有自卑。

老师,我给你写这封信,没有别的意思,只是觉得你我师生一场,也算缘分,有必要为我们的缘分留下点儿什么。

只是希望你不要怪我唠叨，嘴碎，什么都说。

　　我不过是想在走之前，咱们师生俩能真正平等一回。

学生:康小福

2014 年 3 月 8 日

　　以上是一个名叫康小福的中学生，在离家出走前写给其班主任老师的信。信藏在书包的夹层里，并未被发现。康小福失踪半年后，他父亲想从书包里撕几页作业本纸来裹叶子烟，正好翻出这封信。他将信拿给村里识字的人一念，不禁泪如雨下，痛哭失声。

捕鸟

秃子的头,是让火药枪给害的。

二十几年前,他想成为一个真正的男人,便扛着一杆火药枪去树林里打鸟。那是他第一次打枪,心里难免有些紧张。他戴着一顶黄军帽,在树林里畏畏缩缩,东张西望。忽然,一只斑鸠出现在他的视线里。他慌忙举起枪,瞄准在地面觅食的斑鸠。可还没扣动扳机,枪就响了。瞬间,从撞针处升腾起一团火焰,将他的黄军帽冲飞,还把眉毛和前额的头发烧焦了,右眼也被弄瞎。那个斑鸠受到惊吓,咕咕咕地飞走了,拉了一泡稀屎在地上。

那天过后,秃子就一天天掉发。三个月不到,便成了秃头。他想成为一个真正男人的梦想,也随之落空。秃子不服气,决心杀尽世上所有的鸟雀,替自己报仇雪恨。

说也奇怪,只剩一只眼睛的秃子,打鸟却一瞄一个准,很少有放空枪的时候。但凡有鸟飞过,他随便将枪一举,即能命中目标，跟打飞碟似的。以至于那些躲在丛林里觅食的鸟，一见秃子的身影，就如临大敌，惊叫着四散飞去。

后来，秃子在打鸟时，遇到一个化缘的和尚，说他有前世业障，劝其不要再杀生，积点阴德。他回去后，便将鸟枪沉了塘。

三年之后，秃子的头上就长出了青丝。

前不久，秃子看到乡里有人拉网捕鸟，他又重出江湖，跑去镇上，一口气买回四张大网，分别挂在东、西、南、北四个山头。每张网上都挂满了鸟雀的尸体。秃子将鸟取回来，煺毛剖腹后，拿去城里卖给各大餐厅。

一天，秃子发现一只岩鹰，在他家的院坝上空盘旋，从上午盘旋到下午。秃子仰头一望，它又飞走了。第二天上午，岩鹰又准时出现在院坝上空。秃子想，这只岩鹰可能失去了伴侣，在四处寻找其下落。

有天中午，秃子取鸟回来，端着一碗南瓜饭，蹲在院坝边的条石上吃。他刚刨了两口，那只岩鹰便俯冲下来，啄瞎了他的另一只眼睛。

秃子又成了瞎子。

打猎

有一天,雀舌镇新任镇长谭木心,带领几个人,扛着两只猎枪,来黄杨村打猎。其中一个长得五官周正,气宇非凡。一看,就是个管事的。一路上,谭木心都跟在身后,为其拿衣递水,毕恭毕敬。事后,大家才搞清楚,那个人原来是镇长的战友,姓肖,在县财政局执事。镇里每年的财政拨款,全都是他说了算。

肖领导有个嗜好,喜欢玩枪。在部队时,他因枪法好,曾被评为连队的技术标兵。只要他一举枪,即使闭着眼,也能百发百中。为此,战友们亲切地称他为"百步穿杨"。但自从退伍后,他就再没摸过枪,手痒得都快握不住东西了。这次,正好趁休假,专门来找战友替他安排一次过枪瘾的机会。那时,政府对猎枪还没进行清缴,谭木心便从农民家里借来两支枪,让领导开心。

在肖领导来之前,谭木心就夸下海口,说黄杨村山高林深,素来猎物众多,野鸡野兔随处乱跑,是打猎的最佳之地。肖领导一听,又激又动,便迫不及待地来了。

可黄杨村虽是荒僻之地，却并无野物。加之时令正值冬季，动物均已冬眠，更是难得见到有野物的踪迹了。谭木心之所以这样说，不过是哄领导高兴。最主要的原因，是在黄杨村打猎安全，不会被外界所知。否则，这事若传播出去，造成社会影响，大家的乌纱帽都将不保。

谭木心到底是个聪明人，为不得罪领导，让其有猎物可打，他事先早就做好了安排。他派人从养兔场买来一百多只灰毛兔，放于山林之中，充当野物。这招委实奏效，当肖领导来到林地，见野兔乱窜，兴奋得像一个撒野的孩童，追着兔子发弹鸣枪。

说也凑巧，就在打猎当天，护林人许老汉因接到镇长指示不出山，便靠在棚屋的木柱上抽烟。他刚把烟锅点燃抽了一口，一颗子弹便从棚顶落下来，恰好射中他的头部，当即咽了气。

肖领导顿时吓傻了，两腿颤抖，手里的枪瞬间滑落到地上，汗水雨滴一样从额头滚落。谭木心也被吓得六神无主，立在原地傻愣着。事后，谭木心为保护领导，欲将事情大事化小，小事化无，想了各种办法。

可哪知这个许老汉的小儿子也是个军人，正在部队服役，据说还是个连长。他一听父亲死于非命，旋即请假回乡调查事件原委。当他搞清楚父亲死因后，坚决要求严惩凶手。

谭木心感觉事态有些严重，多次前去做许老汉儿子的思想工作，求他网开一面，并提去一布袋钱，想借此摆平事端。他还在许老汉的遗体前跪了三天三夜，为其守灵，披麻戴孝。但许老汉的儿子不吃这套,他跟谭木心说:"如果再不交出凶手,他必将此事上报。"谭木心见事已至此,只好乖乖跟肖领导前去公安局自首,认罪伏法。

经法院审判,肖领导被执行枪决,谭木心判处有期徒刑十五年。可就在肖领导被执行枪决后的第二天,谭木心也在牢房咬舌自尽了。

一颗子弹,要了三个人的命。

贫富医生

王平寿是黄杨村唯一的医生。

他的诊所就开在村外那个脏乱的船码头上。码头是村民们的主要集散地，也是连接外界的交通枢纽。曾经，有不少的青年从这个码头走出去，就再也没回来；而更多的人则是从来没走出过码头，直到死。王平寿在这个码头上行医几十年，他是这个码头荣辱兴衰的见证人，也是码头上的人们歌哭悲欢的目证者。

诊所是王平寿租的，很狭窄，整个就一间屋子。里面除一个中药柜和西药柜外，只有一张诊断桌。这房子原是居民的住处。早年间，房主夫妇外出打工后，房屋一直闲置，王平寿便将其租下来，办起了诊所。诊所因年久失修，房顶已经脱层。雨水顺着墙缝渗透进来，满屋子霉气弥漫。王平寿想过换地方，但找不到合适的场地。相比这个破败的码头，他的诊所算是比较好的建筑了。

早上刚开门，前来看病的人就占满了诊所。患者大多是老人，拄着竹棍。还有一些小孩子，由老人领着，病恹恹的，全无一点儿活力和天真。王平寿对每位患者都细心诊查，把脉，测体温，量血压，听心率，看舌苔……把诊断结果工整地写在卡片上。每次给患者写处方开药后，他都要反复交代服药注意事项。患者大多不识字，他就在药包上画"√"或"○"，以示区分。曾有一位老大爷，把一瓶药里的防腐剂，连同药片一起吃了，险些酿成大祸。王平寿时常责怪自己医术不精，不能给更多患者带去福音。加之诊所医疗条件简陋，使其心有余而力不足。有时，遇到病情复杂的患者，王平寿根本就没法做诊查判断。他建议患者去县医院做检查，可病人缺钱，便只能回家听天由命。

不少的人就这么怀着痛苦去见了阎王。

尽管如此，王平寿仍然下定决心，欲以自己浅陋的医术，替方圆几个村的人治病疗伤。他说："只要我活着一天，就要为村民服务一天。"

遗憾的是，天不遂人愿。王平寿终究没能将救死扶伤的事业坚持到底。

前年秋天，镇卫生院要实行统一管理，对周边不符合医疗条件的诊所进行整顿。王平寿的诊所即在被整顿之列。这让行医大半辈子的他焦头烂额、六神无主。镇卫生院的人说，国家出台新的政策，要求所设诊所必须达标。所谓达标，即要有标准的场地，诊所内必须配备正规的观察、输液床，诊断桌和电脑等。这些设备都得自己出钱添置。姑且不说在乡下码头待了几十年的王平寿是否懂电脑,就算懂,他也没有购买能力。每年,王平寿的诊所都有赊账。很多病人拿药后,无钱付药费,就只能记账。年底结算的时候,王平寿只能无助地盯着账册感叹。有的老年患者长期欠账,直到亡故,账都没还清。亡者的后人又不认账,王平寿也不追究,事情便不了了之。现今,各类药价猛涨,一些较好的药品王平寿也没钱去进。即使进来,患者也用不起。

王平寿曾多次前去镇卫生院,把底层病患者遇到的困难作如实反映,请求他们针对现状予以特殊解决。可镇卫生院的领导说,这是上面的政策,他们不能违规。如果王平寿要继续行医,必须得按规定整改。

王平寿最为担心的,还不是他能否行医的问题,而是假如这个码头上没了诊所,这些常年生活在穷山恶水、交通闭塞之地的农民,他们到哪里去看病?从这个码头到镇卫生院,步行的话,至少得走一个小时的路。这还不包括乘船耗去的时间。倘若遇到有人得急性病,怎么办?

王平寿到底还是妥协了。

无奈之下,他放弃开设了几十年的诊所,被镇卫生院招了安。年近花甲的王平寿之所以愿意如此,是他觉得去镇卫生院,既能保住自己的饭碗,还能为更广大的患者服务。

可万没想到的是,王平寿这一去,却使他陷入了更加痛苦的深渊。

在镇卫生院里,王平寿看到了与从前诊所里不一样的局面。镇卫生院实行的是自主管理,医生工资与看病数量,以及创收的多少直接挂钩。每个医生都在暗地里争抢病人。有的患者明明生的是个小病，医生却故意说得很严重，净开些昂贵的药。动不动就要求病人住院。业绩好的医生，每个月能拿到成千上万的钱。这让历来在乡下行医的王平寿瞠目结舌。卫生院里的大多数医生都在县城里买了房，有的还不止一套。上下班开的都是私家车。他们还时常给县里的一些医院介绍病人，从中抽取回扣费。

当王平寿看到这些志得意满的医生，和躺在病床上孤苦伶仃的病人时，他第一次感到做医生的耻辱。

去年底，王平寿带着满腔愤怒离开了镇卫生院，回到了乡下的家里。今年端午，我回乡下过节，看到有人提着粽子来送给王平寿，他们都曾接受过王平寿的救治。其中一个耄耋老者，拉着王平寿的手说："王医生，要不是你，我这条老命怕是早就丢了，你的恩德，我们都记在心里嘞。"那一刻，我看到王平寿脸上浮现出作为一个医生的幸福表情。

当天晚上，我和王平寿坐在院子里聊天。他喝了点酒，情绪有些激动。他说："真没想到，我当了一辈子医生，竟会落得如此下场！"说完，他摇摇晃晃地向堂屋走去，为香案上的药王菩萨上了一炷香。

我坐在黑暗里，夜凉如水。

传销后遗症

　　三角眼生性木讷，是个闷葫芦。他自前年去河南打工后，就音信杳无，是死是活都不知道。家里人先还提心吊胆，尤其是他母亲，一提起三角眼就哭，肠子都快哭断了。几张被泪水浸泡后的手帕上，结了一层厚厚的盐碱，若是刮下来炒菜，大概十天半月都不用再去买盐。后来，或许是家人预想三角眼已经遭遇了不测，也就死了心，把事情看淡了。用他父亲的话说："就当老子没生他，这个哄娘哄老子的家伙。"

　　可就在大家都快把三角眼忘记的时候，他却突然从外面回来了。

　　那天，三角眼的母亲正在菜地里捉青虫，刚捉到一条肥的，正在辨认公母，听见身后有人喊了一声妈。回头一看，只见站着一个男子，蓬头垢面，衣衫褴褛。脸上的胡楂儿长得都快盖住下颌了。脚上穿的一双皮鞋，两只都不一样。一只有花纹，一只没有花纹。左脚上那只还裂了口，像张大的鳄鱼嘴巴。三角眼的母亲愣了愣,没反应过来。三角眼再次喊了声:"妈。"这时,三角眼的母亲终于认出了此人正是儿子,猛地立起身,跑过去一把搂住他,大喊一声:"三角眼啊。"就晕了过去。

后经了解,三角眼失踪这两年,是被骗进了一个传销组织。那伙人将其软禁起来后,天天逼迫他打电话向三亲六戚要钱。三角眼不想连累亲朋,便死活不从。任凭对方施以何种手段,他就是茅坑里的石头——又臭又硬。三角眼说:"我在里面吃了很多苦,那帮搞传销的杂种,根本就不是娘生的。大冬天的,他们把老子带到一个冷水池,让我把衣裳裤子脱光,跳下去洗澡。看守的人拿来一块肥皂,非要我把肥皂用完,才准我出池子。"说着说着,他撩起衣裳,用手朝肚皮上啪啪地拍两下,接着说:"你们看看我这身肉,现在跟鱼肉差不多,就差长鳞片了。无论是三伏天气,还是腊月寒冬,我洗澡都只能用冷水,一碰热水,就过敏,浑身长红疹子,痒得难受。这都是那帮龟孙子给害的……"

从三角眼讲话的语气可以听出,他对传销组织恨之入骨,巴不得将其祖坟挖开,让千人踩,万人踏。有邻居劝他:"三角眼,吃一堑,长一智。人嘛,啥事都能碰上,以后多个心眼儿就是。"三角眼说:"人老实了,心眼儿再多,都会上当。"

也是从谈话中,人们发现三角眼变了,跟以前判若两人。过去,他一张口就结结巴巴,少言寡语;如今说起话来,却是满口脏话,江湖气很重。有时对长辈,他也吹胡子瞪眼,没大没小的。一次,他叔父看不惯他的穿着打扮——头发烫得卷卷的,像个鸟巢。上身穿件紧身T恤,脖子上挂根粗粗的链子,比拴狗的铁链子还粗。下身穿一条低裆裤,只要一蹲下,屁股沟子就亮了出来,黑黢黢的,还沾着一坨屎,看到就想吐。叔父说:"三角眼,咱家族几代以来,还没出过'少幺爸',你看你这副打扮,跟社会上那些混混有啥区别,还是穿规矩点吧!不然,有哪个妹仔愿意嫁给你。"三角眼一听就火了:"叔,你不要在这里倚老卖老,老子的婆娘一大桌,你信不信?不信,明儿我就带几个回来给你看看。不要以为你是老辈子,我就不敢捶你,惹毛了,老子把裤儿给你垮掉,屁眼头放个火炮点燃,你信不信?"叔父见三角眼真要动手,吓得抱头鼠窜。

从此,村里人都不敢招惹三角眼了。他们说:"这个闷罐子,难道被传销组织弄去开膛破肚,换了脑水和肝胆吗?说话这么冲!"

除脾气火暴外,三角眼做起事来,更是诡异得很。有一段时间,他暗中组织了村里所有读书的孩子,变着花样去骗父母的钱。每个孩子每天必须向他交纳一块钱,才能交差。否则,便要受到体罚。孩子们害怕,都不敢跟父母讲实情。因其所要金额不多,此事也未引起家长的怀疑。渐渐地,三角眼觉得时机成熟,想扩大组织范围,便鼓动孩子们在学校里向同学套钱。一个套一个,每个孩子也由每天交纳一块钱,变成交纳两块、五块、十块……对交纳金额多的孩子,三角眼会实行奖励政策,给他们买个玩具,或带到县城去玩一天,找家餐馆吃顿好吃的;又或者带他们去网吧,教他们打游戏。游戏是分等级的,只有交足一定的金额,三角眼才让他们逐步升级,过关斩将,在厮杀中体验虚拟的幸福。

由于事情做得隐蔽,没被人发现,故三角眼整天坐收渔利,高枕无忧。天一亮,就跑到县城吃香喝辣,浪荡闲逛。天黑前,又坐车赶回乡里,收取孩子们的"套钱"。三角眼的父母见他行为古怪,总觉得不大正常,但又抓不到任何把柄。想奉劝他要走正道,话刚出口,就被凶恶的三角眼封了嘴。无奈之下,他们只好放水流舟,任其自生自灭了。

有天上午,三角眼像平常一样,坐车去县城赌博。刚一下车,就被几个便衣警察逮捕了。

回警局后,警察审问他:"知道为什么抓你吗?"

三角眼说:"当然知道。"

警察问:"你为啥要这么做?"

三角眼说:"人嘛,要生存,就得有点传销意识。"

警察问:"难道你就不怕坐牢?"

三角眼说:"我在河南早就坐过了。"

警察知道他指的是被传销组织软禁的事,又问:"这是犯罪,知道吗?跟你在河南被非法组织软禁不是一回事,要严重得多。"

三角眼说:"难道你们要拿肥皂让我洗沸水澡不成?"

…………

警察摇摇头,叹息地说:"这个青年,真是患了'传销后遗症'。"

剃头劫

　　杨中德是个剃头匠，手艺堪称一绝。尤其是他那"跳三刀"，让人肌肉透爽，骨节麻酥，惊险中带着刺激，吸引了不少顾客。

　　所谓"跳三刀"，即他在给人剃完头，刮完须，修完面后，用那把磨得锋利、锃亮的剃刀，从顾客头顶瞬间跳至颈椎，又从颈椎跳至背脊，再从背脊跳至尾椎。此组刀法极具连贯性，似行云流水，意到刀到，干净利落。刀锋过处，如三个急骤的雨点，在微风的伴送下落到地面；又若鼓槌敲打出的三个节奏，前呼后应，刚柔并济，演绎出力与美的结合。只要被他的跳刀一弹拨，人顿时神清气爽，容光焕发，大有老夫聊发少年狂的豪气。

　　一到夏天，前来请杨中德剃头的人就特别多。有的刚剃头不久，才冒出一点绒毛，就又来找他剃。杨中德心里明白，他们其实不为剃头，而是专门来享受他那"跳三刀"的。

　　李树良是剃头最勤的一个，每月都去，有时一个月还要剃两次。他只要哪一个月不去找杨中德剃头，心里就堵得慌，比害病还恼火。杨中德每次给他剃头，都十分细心，也比给其他人剃头用的时间长。一般来说，他的"跳三刀"只重复三遍。而独独对于李树良来说，每回都是跳六遍。剃完头，还一文钱不收。李树良不解，问他何故如此？杨中德抖抖围裙上的乱发，笑嘻嘻地说："都是本村人，收啥钱啊？"李树良问："那其他人不也是本村人吗？为何你要收钱？"杨中德避而不答，转身回屋烧水去了。

后来，李树良才终于搞明白，原来杨中德看中了他的二女儿。那时，杨中德只有三十岁出头，李树良的二女儿也只有二十多岁。单从年龄看，倒也挺般配，但李树良死活不肯将女儿嫁给杨中德。虽然，他觉得杨中德人不错，手艺也好，但到底是个剃头匠，属于下贱营生。

自从李树良拒绝了杨中德当他女婿后，心里一直过意不去。有很长一段时间，他都不再去剃头。迎面撞上，也躲躲闪闪。倒是杨中德反而觉得没啥，看到李树良，还跟从前一样热情。主动打招呼，问长问短："树良叔，怎么不见你来找我剃头了啊？你看你的头发，像松针一样，早该修剪修剪了。找个时间过来，我给你剃剃。"一席话，说得李树良脸滚烫，心里像着了火。

李树良终究还是离不开杨中德的"跳三刀"。过了几个月，他又去剃头。杨中德照旧给他剃得很认真，以前怎样，现在还怎样，剃完头仍是不收钱。李树良坚持要付，推来推去，杨中德还是不收。李树良说："中德，你人好，手艺也好，可以找个更好的女子做婆娘的。"杨中德一听这话，赶紧说："树良叔，咱不谈这事，不谈这事，只剃头，只剃头啊。"

李树良也就再不提此事,仍旧每个月按时去剃头。

两年之后,李树良的二女儿嫁人了。女婿也是一个理发的,在镇上开了一家理发店。又过了一年,杨中德也娶了婆娘,邻村一个张姓女子。人虽长得不如李树良的二女儿俊俏,倒也勤劳、顾家,还煮得一手好茶饭。

有了女婿这个新型理发师后,李树良就再也没去找杨中德剃过头。一是他觉得自己女婿都是理发的,如果还跑到别人那里去剃头,会遭人议论,说他胳膊肘朝外拐;二是女婿的理发店比杨中德家里的条件好,采取的是睡式洗头,还有专门的服务员服务。洗完头,还要按摩按摩,揉揉肩,捏捏胳膊,比神仙还自在。

李树良在村里到处宣传女婿的理发技术,动员大家都去镇上理发。只要说出他的姓名,即可享受八折优惠。村里几个妇女果真去了,一去就弄了个离子烫和爆炸式回来。从村里走过,完全像是从电视里走出来的。随后,更多的男男女女都跑去李树良女婿的理发店理发,什么焗油、漂染等,花样翻新,层出不穷。一时间,村里刮起了一股"发型流行风"。村头覃大才的婆娘五十岁了,头发有一半"挂了霜",她趁赶场时,去理发店染了一次发,还塑了个波浪式发型,人顿时年轻了十岁。回到村里,老公都认不出她来了。当天夜里,覃大才搂着婆娘亲了又亲,要了她三回还嫌不够。覃大才说:"老子活了大半辈子,夜夜搂个黄脸婆,今夜总算有了搂城里女人的感觉。"

村民都到镇上去理发后,杨中德的剃头生意自然就萧条了。十天半月都没人找他剃头。只偶尔遇到有新生婴儿要剃胎毛,或临终之人剃毛发,人家才会想起他来。杨中德也才自此意识到自己是个剃头匠。

他婆娘见剪子和剃刀都生了锈,劝他不要再干这个行当,安心种地过日子,可杨中德始终不情愿。有一回,婆娘偷偷地把工具给藏了,杨中德暴跳如雷,要拿菜刀砍人。婆娘怕了,不得不将工具交还给他。

没事的时候,杨中德会把剃刀找出来磨磨。对着阳光照照,用一条毛巾包裹好,放在家里最隐秘的角落。

这一放,竟放了二十几年。

直到前不久,这把跟随他大半生的剃刀,才重新派上了用场。

李树良弥留之际,非要叫女儿将杨中德请来。他要最后享受一回“跳三刀”。杨中德的手艺还是那么好,一点儿都没回潮。别看他二十几年没拿过刀,却天天在心里操练着。他已经修炼到手上无刀,而心中有刀的境地。当最后那一刀稳稳地落在尾椎上时,李树良平静地闭上了眼睛。

杨中德用手在他鼻前触触,确定没了呼吸,迅速举起剃刀,朝死去的李树良额头一划,割裂一大块皮,乌黑的血珠直往外冒。旁边的人都傻眼了。杨中德不慌不忙,将刀在裤子上蹭蹭,擦干净上面的血迹后说:“这刀几十年不用,生了锈,口子钝了,实在对不住得很,对不住得很……”

回去之后,杨中德立即把剃刀交给婆娘,吩咐她拿出去扔了,扔得越远越好。

迁坟

　　茂白和茂黑是两兄弟，关系铁得非同寻常。血浓于水这句话，在他俩身上体现得尤为充分。说得更直接点，他俩除了婆娘各睡各的，其他任何事情都可以不计较，被村里人视为兄弟和睦的楷模。

　　双亲还健在的时候，茂白和茂黑就懂得谦让。遇到任何事，宁肯自己吃亏，也不让弟兄受委屈，这让其父母十分欣慰。他们的父亲本是乡供销社的会计，那个年代，还时兴顶替政策。父亲见两个儿子年龄都不小了，又没有正当职业，便寻思着早点退休，先解决一个儿子的生计。可当一切手续都办妥后，两个儿子却互相推让。茂白坚持让茂黑去，茂黑说什么也要将名额让给茂白。父亲见俩儿子争执不下，召开紧急家庭会议，研究到底谁去谁留。可研究来研究去，仍是举棋不定，落不到实处。父亲火也发过，思想工作也做过，俩儿子照样彬彬有礼，谦让有加。后来，时机错过，一个让人觊觎的名额，就这么白白地浪费了。父亲气得大病一场，茂白和茂黑却像没事一般，握手言欢，相视一笑。

父亲担心儿子，劝他们出去找个事做，不要浪费大好年华。可兄弟俩一定要恪守"父母在，不远游"的训诫，在家靠种地照顾父母。他们说："哪怕今生穷困潦倒，单身终老，也要陪父母生活在一起。"

茂白和茂黑都是言必行，行必果的人。多年之后，直到父母双亡，他们才成家立业，另谋生路。茂白在外当包工头，承包了大小十几个工程，挣了不少钱。房子买了几套，小车开的是宝马。据说，他正在筹备成立一个建筑公司，事业是如鱼得水，蒸蒸日上。而茂黑虽不及茂白发展得好，倒也过得去。他在城里做餐饮业，经营着两个铺面，正准备发展连锁店。

有了各自的事业后，两兄弟虽不常见面了，但逢年过节还是要聚一聚的，这是雷都打不动的约定。他们宁肯停一天业，少赚一笔钱，也要联络兄弟感情。茂白说："人生一世，草木一秋，唯有亲情最珍贵。你赚再多的钱，却失去了亲人，有啥意义；你事业再成功，却没有亲人分享，有啥想头。"茂黑说："是啊，兄弟只有这一世！"

但渐渐地，兄弟间的感情出现了隔阂。眼看茂白的公司越做越大，茂黑的餐馆却越来越不景气，天天都在亏损。一次，有顾客到餐厅承包宴席，为一个老人庆祝八十大寿。三亲六戚高高兴兴地来吃酒后，个个腹泻呕吐，四肢酸软，头晕目眩，还死了两个人。后经食品安全局调查取证，属于食物中毒。事发之后,茂黑赔偿了一大笔费用,餐厅执照也被吊销了。从此,他便一蹶不振,干啥事都不顺。身体也一日不如一日,经常生病。去医院检查,又查不出毛病。

　　或许是被倒霉吓怕了,茂黑病急乱投医,找来个阴阳先生为其占卜。阴阳先生说,他之所以流年不利,疾病缠身,盖在于他父亲的坟山亏他,全部发到茂白一家了。若要逢凶化吉,东山再起,必须迁坟。茂黑先还将信将疑,但几个月过去,他的婆娘又突发重病,住了三个月的院,险些命丧黄泉。这一来,茂黑不得不对阴阳先生的话高度重视。他思来想去,还是鼓起勇气把迁坟的事给茂白说了,茂白当即表示反对。他说:"父亲累了一辈子,好不容易入土为安,你难道还要去打扰他的亡魂?"碍于兄弟情面,茂黑便没再说什么,迁坟之事也就搁置了起来。

　　又过了些时日,茂白一夜之间成了县工商界赫赫有名的人物,连县领导都对他客客气气,以礼相待。而茂黑却一落千丈,灰溜溜的,抬不起头。一气之下,他再次去找茂白商量迁坟一事。茂白见他还在打迁坟的主意,劈头盖脸就是一通臭骂。那是几十年来,他们兄弟俩第一次撕破脸皮,还差点打起来。茂白说:"只要你敢迁坟,我就不认你这个弟弟。"

　　茂黑回来后,一直耿耿于怀,越想越想不通。终于,一次趁茂白出差之际,他请上阴阳先生和道士,雇了几个乡民偷偷地把父亲的坟迁了。坟是在夜里子时迁的,那是阴阳先生选定的时间。破土时,天降瓢泼大雨,电闪雷鸣,乡民费了好大的劲儿,才在鸡叫头遍时,将新坟垒完。

茂白出差归来,听说父亲的坟被迁了,跟头翻天跑来找茂黑讨说法。一见面,兄弟俩就干上了,扭打在一起,劝都劝不住。茂白非要拉茂黑到父亲的坟前磕头谢罪,二人拉拉扯扯、吵吵嚷嚷到了父亲坟前。刚说上几句话,又互相扭打了起来。双方下手都狠,欲置对方于死地。可他们忘记了天才下过雨,地上的泥打滑。两人正抓扯,腿一软,双双滚到岩坎下面去了。

待村民费力地将他们抬上来时,兄弟二人都断了气。

上庙

农历初一，或者十五，黄杨村的老人们大多要去上庙。上庙之前，要吃三天的素斋。

斋戒期间，他们是不乱说话的。就是跟家里人日常交流，也是谨慎得很。怕说错话，得罪了菩萨，导致上庙的心不够虔诚。心不诚，则许下的愿也就不灵验了。

我奶奶便是个典型的例子。她原本嘴巴就啰唆，加之上了岁数，话就更多了。跟你交代一件事情，生怕你不明白似的，总要反复在你耳朵边说上无数遍，直到你爱理不理了，她才闭嘴。闭嘴后，不一会儿，她又会自言自语地说些不着边际的话。那些话，我们都听不懂。也许，她压根就不需要我们听懂，不过是自己说给自己听罢了。人活到一定年龄，大概都要借助一种方式来跟自己相处。

但若临到上庙前的斋戒日，情况就不一样了。无论你跟奶奶说什么，她都闭口不答。顶多对你点点头，或者简单地"嗯"一声就算完事。沉默得就像一个智者。作为一个乡村老人，奶奶一生没啥爱好，精神生活更是贫乏。上庙是她坚持得最为彻底的一件事情。通过上庙，让她获得了内心的平静。劳累了一辈子，总不能还要带着生活的重负上路吧。

赵婶跟我奶奶上庙的初衷就不一样了。她不纯粹是为了自己。用赵婶的话说："我上庙，没别的目的，就是想为儿子祈福。"

赵婶今年已年满七十，她的老伴去世整整五年了。如今，她一个人住在乡下，守着两间破房度日。赵婶的儿子叫吴德彪。吴德彪本是赵婶家的独苗，一直被视为"心肝宝贝"。只因三十多年前，赵婶在一次赶集时，捡回来一个男婴。之后，赵婶家的生活便发生了改变。在那个物资匮乏的年代，多一个人，就意味着家中其他人的口粮将更加得不到保障。饿肚子的滋味是难受的。赵婶天生仁慈，捡来的娃也是娃，跟吴德彪一样，当亲骨肉对待，不分彼此。甚至，比对吴德彪还要宠爱有加。凡有好吃的，都先给捡来的娃。小时候，吴德彪就认为母亲偏心。渐渐地，吴德彪开始对母亲滋生了仇恨。

寒来暑往，转眼间，两个娃都长到了十八岁，成了标致的大小伙子。在乡下，男孩子长到这个年龄，就自然有人上门提亲。一次，邻村一个媒婆介绍了个姑娘给赵婶，说是给吴德彪做婆娘很合适。谁知，那个姑娘却看上了赵婶捡来的娃。赵婶没经过任何思考，就承认了姑娘与捡来的娃的婚事。

这下，吴德彪忍无可忍了。就在订婚当夜，吴德彪拿把菜刀，要找捡来的娃拼命。赵婶出来阻挡，吴德彪高举菜刀，欲向赵婶劈去。捡来的娃见势不妙,跪地求饶,并主动提出退婚,将姑娘让与吴德彪,并答应翌日即离家,从此不再回来。

第二天,捡来的娃辞别赵婶,含泪去了外地。临别时,捡来的娃向赵婶磕了三个响头。那三声响,犹如三个炸雷,在黄杨村上空回荡。捡来的娃走后,赵婶大病了一场。

还没等赵婶的病痊愈,吴德彪也失踪了。赵婶托人四处寻找,未果。吴德彪失踪后,赵婶一直觉得对儿子有愧。于是,她希望通过上庙来为儿子祝福,减轻她内心的愧疚。

最近两年,有村人看见了吴德彪。据说每当春节临近,他都会回乡来上庙。听说吴德彪在外面发了财,是开着小车回来的。小车就停在镇上。吴德彪买了大量冥币去庙里烧香,祈求自己生意兴隆。有一次,他还带着一个女人和一个孩子。村人们说,估计那是吴德彪的妻小。

赵婶得知这个消息后,每到春节前后,都要去"守庙"。赵婶说,他不期望儿子原谅她,只希望能在闭眼前,再看一眼儿子。

说来也怪,自从赵婶去"守庙"后,村人就再也没看到吴德彪回来过,他仿佛彻底从人间蒸发了。

今年开春不久,赵婶终于含恨而终。村人们见其可怜,只好凑钱将她安葬了。

兄弟感情

黄杨村有弟兄三人，分别取名金刚、金铁、金铜。

金刚虽排行老大，却自幼罹患小儿麻痹症，日常起居皆需二弟金铁和三弟金铜照顾。三人走在一起，老大反而成了老幺。村里人都说："早出生的人，未必就一定坐头排。就像山羊，胡子长，不一定年龄就大。喏，金家不就是个例子嘛。"

兄弟就是兄弟，不一样。从小，金铁和金铜对大哥金刚都是百般呵护，比父母待他还要好。无论赶集，还是走人户，他们都将金刚带上。一边一个将金刚挽扶着，摇摇晃晃地在路上走。实在走累了，就放背上背。金铁背一会儿，又换给金铜背一会儿。众人看了，都不禁赞叹："兄弟齐心，其利断金。这三弟兄，今后了不得。"

人大都同情弱者。金家父母最放心不下的就是金刚，尽管金铁和金铜待他不薄。都是自己身上掉下的肉，十指连心，哪个都疼。故金家父母临终前，曾将三个儿子召至床前训话，主要是训给金铁和金铜听的："你们弟兄三人，务必要相互帮扶，不能因为谁强谁弱，就不管不顾。要是那样，我们在阴曹地府也会拿耙梳来打你们。"

父母过世后，三兄弟秉承遗训，互助互爱，互以手足之情待之。

他们约定：如果金刚今生不能成家，金铁和金铜也将孤独终老。金刚听二弟、三弟如此信誓旦旦，感动莫名。但几年过去，金铁和金铜马齿徒增，对蹉跎岁月的恐惧日盛；而金刚的婚姻大事又八字还没一撇，若他俩先行结婚，恐有违誓言，伤金刚的心。

但饮食男女，人之大欲存焉。二弟金铁有了意中人。几番缠绵，金铁与新欢缔结连理。喜宴当日，金刚独自躲在屋后的竹林里哭。洞房花烛之夜，待亲朋好友各自散去，金铁酒酣耳热，正欲回房度此良宵。刚掩上门，金刚趔趔趄趄从旁边出来，死死抱住金铁的腿不放。嘴里咿哩哇啦个不停，很生气的模样。金铁无奈，只好退出房门，陪金刚在院坝里待了一宿。

屋内，烛影摇红；屋外，夜凉如水。

翌日天明，金铁刚过门的婆娘，便收拾起东西回娘屋去了，再也没有回来。

过了一年，金铜又走桃花运，与邻村一个姑娘情投意合，成了眷属。新婚之夜，金铜洗了脸脚，还专门漱了口。正要圆房，忽听外面有人敲门，拍得山响，差点把房顶上的青瓦都震落下来。金铜推门察看，只见金刚怒目圆睁，龇牙咧嘴，手里抄起一根棍棒,像个卫士。金铜把金刚拉到院坝边,坐了下来。一番推心置腹之后,金刚战战兢兢地走进了金铜的婚房。瞬间,房内一声大吼,金刚被弟媳赶了出来。金铜立起身,想过去解释,却被婆娘狠狠扇了一耳光。还没等金铜反应过来,婆娘便抽泣着融入了夜色。

一只煮熟的鸭子,就这样飞了。

事后,金铁和金铜再也没结婚。

金刚仍旧跟着两个弟弟生活。他们还像以前那样对他,每天为其煮饭、洗衣。随便走到哪里,都要将他带上。逢年过节,三兄弟还手拉手,去父母的坟头祭祀。村里人见了都说:"金家有这仨儿子,他们父母的灵魂可以安息了。"

可突然一天,金刚却无故死在家中的床板上。经尸检,他是吃了老鼠药死的。

金铁和金铜都是凶手。

空宅

　　吴国元是个杀猪匠,在我们那里,方圆几个村的人都认识他,很有些名气。

　　凡逢年过节,或谁家有红白之事,都请他去杀猪。吴国元杀猪的技术好,只要把猪赶出圈门,由两个人帮忙把猪的下半身死死按住,剩下的,就交给他了。他则坐在一张凳子上,左臂搂住猪头,左手锁住猪的下巴。右手紧握杀猪刀,一刀子进去,一股鲜红的热血,便从猪的脖颈处喷涌而出。猪尖叫两声,还来不及挣扎,即倒地而亡了。

　　不管在谁家杀猪,吴国元的婆娘都要跟他一块去。目的是去蹭一顿饭。吴国元家穷,四十岁时才经人介绍,从邻村讨回一个寡妇。随着寡妇一起过门的,还有一个十多岁的男孩子。

　　自从那寡妇跟了吴国元后,整天游手好闲,好吃懒做。家里乱得像牛圈,也不收拾整理一下。吴国元一说,她就哭天抢地,寻死觅活，还逃跑。吴国元最担心的，就是她跑。自己好不容易讨个婆娘，一旦逃跑了，自己又是光棍儿一条。

一个人的日子，吴国元实在是过怕了。

故凡是吴国元外出杀猪，都要带上婆娘和儿子。请他杀猪的人家，知道吴国元的处境，便都不好计较。尽管心里不悦，表面上也佯装笑脸，热情接待。

吴国元杀一头猪，收费十五元。大方一些的人家，临走时，还要拿一块肉给他，作为犒劳。我们家每年杀年猪，母亲都要额外给吴国元一块肉。母亲说："一块肉，不算啥，自己少吃一顿便是，吴国元是个好人。"

可吴国元每次杀猪得来的钱，都必须交给婆娘保管。否则，家里少不了一场战争。

吴国元的婆娘，经常跟他吵架。一旦村里没有人请吴国元杀猪，家里就断了经济收入。没有钱用，婆娘就不高兴。一不高兴就骂。埋怨吴国元没本事，是个窝囊废。还说当初嫁给他，是瞎了眼。

面对婆娘的恶言詈骂，吴国元只好装哑巴，把苦水往肚子里吞。实在憋不住了，就偷偷跑到后山，抽一袋烟，伤心地哭一回。

吴国元患有肺气肿，因无钱拿药，只好一天拖一天。有时咳得凶了，四肢浮肿，痰里都是血。实在受不了了，就自己上坡去挖点清热的草药来熬水喝。

吴国元唯一的心愿，是在有生之年，把自己那几间破旧的房子修一修，免得人家说他窝囊。为了完成这个愿望，他放弃了杀猪的行当。跟随村里的壮劳力外出务工。据说是在一家红砖厂搬砖出窑。

自从吴国元走后，他婆娘就跟邻村一个单身男人缠在一起，隔三岔五地跑到那人家里去吃住。日子一长，村子里的人都在议论纷纷，对吴国元深表同情。有人实在看不下去了，就给寡妇外出打工的儿子打去电话，让其劝劝他妈。谁知，寡妇的儿子在电话里一通责骂，说："我妈是怎样的人，我清楚。你们不要诬陷我妈。不然，谁造谣，我不放过谁。"之后，再也没有人敢去管这等闲事。

因此，吴国元的婆娘也更加肆无忌惮，公然把那野男人带来家里过夜。

吴国元或许是听到了风声，有段时间，他一个月就回一次家，但又抓不到任何把柄。于是，他只好把听到的一切，当作传言，以此来安慰自己。

由于过度劳累，吴国元的病情越来越重。几次晕倒在砖窑里，要不是好心的工友及时送他到医院抢救，他怕是早就命归黄泉了。

经过多年的苦拼，吴国元终于挣够了修房子的钱。

他想，只要修了房子，就不再外出了。守着自己的婆娘，安生过日子。等他老后，这房子就留给婆娘的孩子——也是他的孩子，把香火传承下去。

可遗憾的是，新房建成不久，吴国元就去世了。

吴国元去世后，他婆娘随即改嫁跟了别人。而吴国元唯一的"儿子"，也带上女朋友，去了成都打工。

　　新房成了一座空宅。

农家乐

　　国家近来大搞反腐倡廉,厉行节俭,反对铺张浪费,城里的诸多高档酒楼都倒闭了, 弄得一些平常吃惯了山珍海味的人,只能躲在偏僻陋巷里就着泡菜下稀饭,情形悲惨到了极点。但任何事情都是上有政策,下有对策。就像老百姓说的那样:"你有七算,我有八算;你有长箩绳,我有翘扁担;你说你还要长一节,那我就再给你缩几转。"

　　对策之一便是转移阵地,把城里的餐馆朝农村搬,美其名曰:生态农家乐。反正天高皇帝远,即使上边查得再严,也是鞭长莫及。来者该吃则吃,该喝则喝,根本不用担心被摄像,或被抓个正着。

　　正是在这种情况下,黄杨村成了商家开办农家乐的首选之地。一夜之间,就有四五商人来村里租赁农民房屋,改造修葺一番后,挂上灯笼和彩带,即可鸣锣开张了。

　　投资者大多是县城倒闭餐厅的老板,他们人缘广,熟客多,只消把以前的顾客资源引来便是。地盘换了，服务没变。人头马和茅台酒照样齐备，年轻貌美的服务小姐依旧婀娜多姿。她们经这自然山水的浸润，反而比在城里时多了一股灵气。

信爹的房子，因是预制板平房，成了商家争先租赁的宝地。这房子是他儿子儿媳用多年打工的积蓄建的。刚建好，就又出去打工了，只留下信爹守家护院。信爹本来是坚决反对出租房子的，他容不得那些一喝醉酒就搂着女服务员亲嘴的顾客在他的屋檐下伤风败俗。但胳膊终究拗不过大腿，儿子才是房子的真正主人，他的话不得不听。

农家乐开业的第一天，信爹独自去山坡闲逛，直到太阳落山，他都不愿回屋——他也没屋可回，房间全都租出去了，儿子只在柴房里给他搭了张床。眼见自家的房子被别人占了，有家却不能回，信爹心里颇为不安。他一个人躲在柴房里，听见外面喝酒划拳者的高声喧哗，服务小姐的低吟浅笑，内心滋生出愧对列祖列宗的羞耻感。

根据协议，老板负责信爹一日三餐的伙食。伙食都是客人吃过的残羹剩饭。信爹胃不好，一吃这些大杂烩，胃就疼。实在疼得受不了，就偷偷跑去山上挖"嗝山翘"来吃，以促进消化。信爹说："我虽然一辈子吃糠咽菜，但也不至于顿顿都吃残汤剩水。不想临到入土了，却还要来跟猪争食吃！"

信爹的女儿在县城买有住房，告诉他若心里憋屈，不妨到城里住段时间，散散心。一天，信爹按照女儿的指引，坐车去县城。出发前，女儿跟他做了详细交代，如果找不到路的话，下车后，就直接坐人力三轮车，到旺福小区即可。或许是信爹年龄大了，记性差，刚下车，竟忘了小区名字，只记住要坐人力三轮车。他招来一辆三轮车坐上去，车夫问："大爷，你去哪里？"信爹说："到黄菊花那里。"黄菊花是他女儿的名字。车夫回头看看他问："哪里？"信爹说："黄菊花那里。"结果，车夫载着他在城里兜了几圈，累得满头大汗，又将他拉回了起点。信爹责怪车夫没将他送至目的地，死活不肯支付车钱。争来吵去，车夫只好自认倒霉，踩着三轮车走了。

回到乡下后，信爹越加闷闷不乐。他觉得自己是一个多余的人，活着已经没啥意思。农家乐的生意越来越好，老板对信爹的变化毫无察觉。要不是信爹的儿子有天回来收租金，发现爹不见了，大概没人会再次想起他来。

信爹是离家出走的，他想四海为家，了却残生。

只是不知道信爹出走时的心情，是否跟晚年托尔斯泰出走时一样悲壮。

暴饮暴食

如今的城里人都讲究饮食保养,不该吃的坚决不吃,不该喝的坚决不喝。每顿饭只吃七分饱,晚上超过十点,即使肚子再饿,也要克制,不得加餐。他们深知,有很多病都是吃出来的,像高血糖、高血脂、高血压等。所以,一定要科学膳食,荤素搭配,少吃多餐。他们把自己的命看得比什么都金贵,俗话说:留得青山在,不怕没柴烧,身体才是革命的本钱。现在生活条件这么好,能够多活一天,那是福气!

可农民的想法就不同了,兴许是历来穷怕了,饿怕了,他们的胃里从来没有过山珍海味,鱼翅燕窝;只有粗糠泡菜,稀饭红薯。所以,只要一有好吃的,他们准会胡吃海喝,鸡鸭鱼肉吃得满嘴流油。即使肚子撑得像个大大的气球,饱嗝一个接一个地打,他们也舍不得放筷。一双筷子犹如两根长矛,在桌上横扫千军,挥洒自如;手里的汤勺更似孙猴子的金箍棒,在汤碗里翻江倒海,搅起千层浪……城里人一见农民的吃相,就要背转身去,掩住嘴,咻咻地笑。那意思是:一群傻子。

当然,农民们也讨厌城里人的细嚼慢咽,看不惯他们那贵族化的模样。吃饭时手里端一个蘸水碟子般的小碗,舀一小团米饭,在那里一粒粒叼着吃,像公鸡啄米,食量连个小孩子都不如。黄杨村黄定海的小儿子在县城一家餐馆里当厨师,黄定海曾去儿子掌厨的餐馆吃过饭,也见到过不少来餐馆吃饭的城里人。据他说,在那些前来吃饭的人中,大多是些高官、商人、富豪。他们每次来用餐,排场都搞得很大,点了满满一桌子菜,吃下肚的,却只有三分之一。黄定海说:"老子吃一顿,够他们吃一天。"

令黄定海更为纳闷的是,那些城里人吃饭时,最喜欢点的菜,却是几样乡下烂贱得不能再烂贱的野菜,比如:牛皮菜、折耳根、红苕尖等。这些菜都是农民平时割来喂猪的,却不想成了城里人席上的上等好菜。在黄定海看来,现在的人,真是活反了。当农民们削尖脑壳前赴后继地朝城市里挤时,城里人却在一窝蜂地朝乡下躲;他们嫌城市里噪音大,空气质量差,环境污染严重,而乡下人却嫌农村条件不好,没有热水器、空调、电热毯……黄定海每每跟乡邻们谈起这个话题,都不禁要问:"到底是城市人追求的生活对呢? 还是农村人追求的生活对啊? "

没有人能够做出回答。

吴开伦是村里最能吃的一个,别看他人瘦得像根电线杆,食量却大得惊人。每顿都要吃三碗米饭,半斤白酒。要是哪顿少吃了一点,他的胃就会闹别扭,饿得难受,觉也睡不着。若遇到村中有人办酒,那无疑是吴开伦的节日。桌上的肉食,有一半将会成为他的盘中餐。他的肚皮就像一台吞食机器,食物源源不断地从他的口中喂进去,却不见有任何残渣吐出来。以至于吃酒的人,都不愿意跟他坐一桌。

农村过去办酒,大都流行"八大碗",烧白、大酥、蹄髈必不可少。一般来讲,即使胃口再好的人,只要多吃几口这些高脂肪食物,就会被腻住。要停筷歇一歇,才敢重新动筷。而吴开伦却从不觉得油腻,一碗烧白,他几筷子就夹完了;一个蹄髈,转瞬之间,就被他啃得只剩骨头。每遇此种场合,便有好事者跟吴开伦打赌,说只要他一口气将大酥碗上的八个鸡蛋吃下,自己便喝一碗白酒。吴开伦爽快应允,一口一个鸡蛋,几分钟时间,蛋就下了肚。围观的人咂咂舌,起哄道:"再来八个,再来八个。"吴开伦喝一口酒:"好说,只要他先把打赌的这碗酒喝了。"打赌的人原本酒量就小,见推脱不过,只好咬牙将一碗烈酒吞掉。酒刚灌下肚,就急忙跑去院坝边哇哇呕吐。吴开伦笑笑:"就这点本事,还敢跟我比试。"说完,又抓起一块鸭腿,得意地啃起来。

可有一天,吴开伦突然喊头晕,四肢乏力,脚站都站不稳,到镇医院一检查,被确诊为糖尿病,并伴有高血压。医生给他打胰岛素,血糖还是降不下来。吴开伦烦了,要求出院。医生只好给他开了一大包药,嘱咐他按时吃药,并定期做检查。尤其叮嘱他不能暴饮暴食,多吃蔬菜,少吃肉。

吴开伦回家三天不到,心里就馋得受不了了,清口水直流,非要吃肉不可。婆娘劝阻不住,便去灶房上取下腊肉煮了。婆娘怕他多吃,饭后,就把肉碗端到柜子里藏起来。可当婆娘一上坡干活,他就跑进屋里翻箱倒柜,找出冷肉来吃着玩儿。

后来,吴开伦的病情越来越重,已经到了生死边缘。婆娘坐在床前,给周身浮肿的他擦身子。婆娘流着泪说:"老东西,让你别贪嘴,你偏不信,这下好了,命都要吃没了。"吴开伦用力张开嘴,露出僵硬的笑:"做个饱死鬼,总比做个饿死鬼强吧。不然,到了阴间,到处抢水饭。活着时我就在人前抬不起头,莫非死后你还要让我在鬼面前也抬不起头吗?"

言语事故

有些人别的本事没有,就是会说话。只要一登台,便可天南海北,引经据典,唾沫飞溅地说上几个小时不喝口水,不起身上趟厕所。台下听讲的人,跑去周公那里下了好几盘象棋,甚至捉回来的蝴蝶都产下小蝴蝶了,讲话者还只是说了段开场白。

老百姓称这种人墨水喝得多,是有水平的人,适合当领导。当然,光嘴巴会说,大概也是当不成领导的。即使当了,也不会当大领导。他还必须要有点别的本领,比如心胸狭窄一点,脾气火暴一点;心再狠一点,手再辣一点……

也有民间高人,既无心做领导,又无意于做演说家,却善辞令,说起话来条分缕析,有板有眼,丝毫不比那些正人君子口才差。他们逢人说人话,逢鬼说鬼话,见到不人不鬼者,就打符乱说。

黄杨村的胡说便是这样一个人。

一次,他家父满八十,亲朋好友,邻里乡亲都跑来祝贺。一大群人围在院坝里，准备上桌开席。这时，胡说抄着双手，像根竹竿似的插在院坝中央，一脸不屑地说："哎呀，今天该来的人没来，不该来的来了。"众乡亲一听，一阵交头接耳，纷纷起身告辞，只剩下直系亲属在此。胡说见状，再次不屑地说："哎呀，不该走的人走了，该走的没走。"直系亲属一听，原来是在说他们，遂脸色一变，愤愤而去。老父亲见客人走光，拄着拐棍儿骂道："胡说啊胡说，你龟儿子胡说些啥，客人都被你得罪完了。"胡说脖颈一扭："嘿，我又没说他们嘞！"

老父当场晕死过去。

有了这次教训，胡说不再胡说了。

一天，在外打工的大憨首次带婆娘、儿子回村。少妇是杭州人，皮肤白净，身材苗条，一点儿看不出是生过孩子的人。村中妇女都跑来看稀奇，围着问东问西，还用手去摸少妇的腰杆，搞得人家很不自在。大憨见婆娘如此受宠，给自己增了光，十分自得。正在大憨笑得合不拢嘴时，胡说摇摇摆摆走了过来，抱起少妇身旁的小孩说："哎呀，大憨，你娃儿长得好乖哟，跟他妈妈一样，哪个都可以抱。"话一出口，大憨怒目龇牙，飞起就是一脚，踹得胡说蚯蚓滚沙。

还有一次，胡说的哥哥胡话外出帮工去了，只有嫂子和侄儿在家。傍晚时分，侄儿在玩耍时，掉进粪坑里，打湿了裤子。胡说将侄儿拉起来后，抱到嫂子身边，吼道："去，让你妈把裤子脱了，来挨着我睡。"第二天，胡话归家，嫂子将此事告知老公，说胡说占她便宜，羞辱她。胡话火冒三丈，要找胡说拼命。

兄弟俩终于反目成仇。

看来,胡说仍在胡说。狗改不了吃屎。

因嘴巴的确太臭,胡说在村里待不下去了。经人介绍,他跑到一家化肥厂去当搬运工。有天夜里卸完货,胡说听见肥料包后有人声。他偷偷跑去一看,发现老板正在跟一个女人媾和。接下去的日子,他多次偷窥到老板的隐私。老板娘时常跑来厂里哭闹,但苦于没有证据,哭哭也就算了。

同样是一天夜里,胡说卸完货正要转身离去,厂房里传来一男一女的争执声。他以为又是老板在通奸,便不想理会。不料,争执声越来越大,整个厂房都能听见。胡说朝声音处跑去,却见老板正在跟老板娘发生口角,而老板的情妇则站在一侧袖手旁观。胡说正要上前劝阻,老板抄起一把钢刀,恰好刺中老板娘的心脏,血流了一地。

事发后,老板意欲给胡说一笔钱,让他守口如瓶,胡说爽快地答应了。

法庭上,胡说作为证人被传唤。

法官:"你当时看到了啥?"

胡说:"我啥都没看见。"

法官:"啥都没看见?"

胡说:"啥都没看见……那是……假的。"

老板两腿发抖,额头汗珠直冒,眼睛鹰隼般盯着胡说。

法官:"详细说说。"

胡说:"我亲眼看见老板杀死了他婆娘。"

那天,胡说将案件的细枝末节都做了交待。他说得思路清晰,理直气壮,就像一个法官在做最终的宣判。

据说,那是胡说唯一一次正常地说话。说完之后,他就成了哑巴。

造像

　　自从李大爷去了一趟重庆回来后，就有些闷闷不乐。整个人跟着了魔似的，成天拿把錾子和手锤，在屋后面的岩石上敲敲打打。

　　过路的人见他行为诡异，便问："老李，你这是干啥？"李大爷也不吱声，仍自顾自地敲打着。叮当叮当的响声，像啄木鸟挖树般，在村里的晨昏中飘荡。

　　在去重庆之前，李大爷原本也是个实诚人。每天只晓得埋头种地，村人们都戏称他为"老牯牛"。喻其不知劳苦，像头牯牛一样，肩头总是挂着枷锁。

　　李大爷年轻时，因家境贫寒，一直讨不到婆娘。三十岁那年，不知从哪里跑来一个疯女人。那是个无风的下午，天空飘着几朵白云。李大爷牵着吃饱青草的牛回家，他刚走到村头池塘边，发现镜面似的池水上，倒映着一个女人的身影。他回眸一望，被身后这个披头散发的女人吓了一跳。李大爷止步，女人也止步；李大爷动身一走，女人便移步紧跟。李大爷好奇，盘问她来自何处？女人不说话，只晓得摇头。李大爷心想，莫非这个女人跟自己有缘，便带回家做了婆娘。谁知，回家之后，才知道这个女人不仅是个疯子，还是个哑巴。

第二年春天，疯子便跟李大爷生下一个闺女。遗憾的是，疯子临产时大出血，没能抢救过来，死了。

疯子死后，李大爷含辛茹苦，将闺女抚养成人。女大十八变，待闺女长到如花似玉的年龄，成天都渴望朝镇上跑。李大爷知道自己再也管不住闺女了，便由着她去。

后来，听说李大爷的闺女跟镇上的一个"混混"跑了，去了重庆。在一家洗脚城当"洗脚妹"。

今年春节，李大爷的闺女回乡，说要报答父亲，欲接他到大城市去逛逛，享享福。李大爷见闺女孝心可嘉，十分感动。随便收拾了几件换洗的衣服，便跟着闺女走了。走的时候，李大爷脸上一直挂着幸福的表情。

但谁也不知道进城享福的李大爷，究竟在城里都看到了些什么，或经历了些什么？春节之后，当李大爷重新回到黄杨村时，他就变得神神经经的了。

每天，他不再上坡干活。早晨刚起床，就跑去屋后的岩石上忙活。直到夜幕降临，方才收工。有时，夜深人静之后，李大爷还会趁着月色，去岩石上敲打，仿佛他正在完成一项人生最伟大的"工程"。

李大爷的怪异举止，常常引起村里孩子们的好奇。倘遇周末放假,总有一大堆孩子围着李大爷转。李大爷见孩子们天真、可爱,就会放下手里的錾子和手锤,坐在岩石上,掏出一袋烟点燃,给孩子们讲他的城市见闻。

李大爷说:"你们这些小毛孩,长大后一定也要到大城市去看看,不然,就白活了。"他给孩子们讲得最多,也最为仔细的,是城市公园里,以及广场上的那些雕塑。李大爷曾听城里人讲,只有那些名人、伟人,才有资格把像塑在公共场所,让无数参观者凭吊。

李大爷因此受到启发,他幻想成为一个乡间的"伟人"。于是,他决定利用剩余的光阴,把自己的像塑在岩石上,让后人铭记。

当村人们最终知道李大爷夜以继日敲打岩石的目的后,都异口同声地说:"李大爷是真的疯了。"

道可道

　　道可道以前不叫道可道,姓李,单名一个生字。他原本是个乡村代课教师,在黄杨村小学代了十年课。转正时,据说得罪了乡教办主任,被人替代了名额。李生不服气,到处申冤,结果仍是无济于事。李生想,也罢,这个世界上怀才不遇,遭人陷害的人多了去了,又岂止他呢?

　　为消解心中苦闷,他转而研究起了《道德经》。早在年轻时,他就对国学感兴趣,尤其痴迷老庄哲学,认为那是无上的大智慧,宇宙万物的奥秘,尽在其中。李生发誓,将穷尽毕生之力,研透《道德经》,并提出新的学术见解,颠覆以往对《道德经》的研究成果。他自喻为一匹来自民间的黑马,即将在学术界横空出世,笔扫千军,挥斥方遒。因之,他给自己取了个大气而玄妙的笔名:道可道。以此行走江湖。

　　道可道沉寂数年,青灯黄卷,潜心治学。据称,他曾阅览过七十余种不同版本的《道德经》注疏,查阅大量资料,写出一本专著手稿，名曰:《道德经新释》。书稿中对某些权威人士的阐释，提出了尖锐的批评。诸如傅佩荣、于丹等人，就曾遭他痛批，认为他们对《道德经》的诠释并不准确，有标榜和卖弄之嫌。同时，他还推翻了前人"绝圣、绝仁、绝巧"及"小国寡民""结绳而治"等定论。

但道可道的学术见解，并未得到有关人士的认可，这让他十分郁闷。为宣扬自己的学术思想，他四处活动，拜访名家，却无人理会。后来，他采取写信的方式，向全国各地的《道德经》研究专家发"挑战书"，与之论道。一封封信件如纷飞雪花，飘向祖国的大江南北。邮票钱用了上千元，却仍未接到一封回信。

有一次，恰好有位知名专家，被县文化馆请来搞讲座。道可道闻讯，彻夜难眠，他认定自己的出头之日终于到了。当日一早，他便跑去县文化馆抢了个头排座位。当专家在讲台上侃侃而谈时，道可道在台下如坐针毡，时而双手撑脸，时而皱眉咋舌。半个小时过去，道可道坐不住了。他站起来，先对专家刚才的讲解斥责一通，继而，提出几个问题让专家解答。那个专家自是久经沙场的人，见来者不善，站起来鞠躬道:"《道德经》博大精深，见仁见智，刚才这位同志很有见地，我不过是一孔之见，有不当之处，欢迎批评指正。"见专家在找台阶下，道可道更加理直气壮了，步步逼问，让专家和在场领导都很难堪。领导不停给道可道递眼色，让他息事宁人。谁知，道可道却箭步蹿上台去，抢过话筒，滔滔不绝地讲了起来，搞得整个讲座不欢而散。

那天之后，道可道在县城的文化圈臭名昭著。有人骂他是疯子，有人骂他自取其辱。但道可道不认为别人是在讥讽他，臭名也是名。社会知名度提升了，道可道寻思着要将自己的专著出版，那毕竟是他皓首穷经、呕心沥血的智慧精华。很长一段时间，道可道游走于各大出版社，但没有任何一家出版社愿意出版他的专著。在此期间，据说道可道还曾去成、渝两地的几所高校，为文学社团进行义务讲座，引起学子们的强烈反响，粉丝很多。

在遭到出版社的拒绝后，道可道决定自费出书。他向三亲六戚借钱，又反复做婆娘的思想工作，卖了圈里的两头猪，才好不容易把出书的钱凑齐了。专著出版后，道可道兴奋地跑去县城，一个部门一个部门挨个儿送书。可当他前脚一走，别人就将他的书扔进了垃圾桶。

有了专著，道可道一心想加入县作协。写了几次申请，都没批下来。道可道急了，跑去找分管作协工作的领导请愿，被领导找各种借口给搪塞了。道可道是王八吃秤砣铁了心，就天天跑去县政府闹。只要看见领导上班或下班，他就迅速奔过去，让其评理。道可道说："我的学术水平绝对比县里那些浪得虚名的作家高出几个档次。连我这样的人，都不能加入作协，那作协还有存在的意义吗？"或许是领导被纠缠怕了，无奈之下，只好责令县作协将其接收了。

说是作协会员，但每次作协开会，或开展什么活动，都没人通知道可道参加，这让他大为光火。一次，县作协开年终大会，会议已经接近尾声，宣传部领导正在做最后指示。这时，道可道突然闯入会场,脖子上挂着一张纸牌,上书三个醒目红字:道来也。领导一看,顿时变得语无伦次。作协主席怕道可道捣乱,慌忙叫来两个保安。可道可道很守规矩,他绕着会场转了一圈后,在最后排找了个位置坐下,自始至终未发一言,让与会领导虚惊一场。

不得志的道可道,在遭受各方冷落后,开始在县城里专为那些底层人打抱不平,写"状纸",以此挣几个小钱来偿还出书时欠下的债务。道可道写的"状纸"很有特色,里面暗含一种"哲学思辨"。"状纸"递交给法院,法院说格式不符合规范,每次都被退回了。渐渐地也就没人再找他写了。

再后来,道可道变得愤世嫉俗,他看不惯这个社会上的诸多现象。几经徘徊,他买来纸和笔,把新近发生的一些社会事件,写出来到处张贴。车站码头,茶馆酒肆,甚至电线杆子上,都能看到他写的文章。那些文章短小精悍,言辞犀利,针砭时弊,讽刺辛辣,颇得老百姓喜欢。凡有路人见到署名道可道的文字,都要驻足阅读。

道可道通过这种方式,在群众中的名声越来越大,他也越写越大胆,居然直接把矛头对准县里面的各大领导。尤其是四大班子,他们的一举一动,都会被道可道写成文章予以揭露,闹得满城风雨。为此,县领导无不感到惊惧。城管每天像捉老鼠般,撵得道可道无处藏身。有几次,派出所还出了警。他们把道可道带回派出所后,道可道认错态度极为端正,说自己是晕了头,并保证下不为例。可刚将他放出,满大街又到处贴满了道可道的杰作，像旗帜一般飘扬。

一天深夜，道可道正在朝墙壁上贴文章，突然从背后冲出几个蒙面人，围着他就是一顿拳打脚踢，棍棒相加。待道可道苏醒过来，发现自己的肋骨被敲断几根，左腿也被砸断了。

道可道带着满身伤痛回到乡下，老伴每次为他端屎接尿，都哭得死去活来。而道可道则躺在木床上，二十四小时手捧《道德经》不放，像捧着一本《圣经》。他每天睁眼说的第一句话，即是："把'老子'给我拿来。"

一天早晨，他婆娘正在上茅房，道可道催着她拿书。婆娘气急败坏地吼道："书书书，你这辈子都是'输'。你看你，净干些无中生有的事，最终把自己给害了。"谁知，婆娘话毕，道可道大叫一声，说："婆娘啊，宇宙之道，皆是'无'中生'有'而来，所谓道生一，一生二，二生三，三生万物……所谓致虚极，守静笃，万物并作，吾以观复。夫物芸芸，各复归其根……正是此理。原来，你才是我真正的知音啊。"

话音刚落，道可道脑壳一歪，就断了气。

不买账

王后生在外做生意赚了大钱。钱多到何种程度,据知情人透露,他每天都拿着红彤彤的百元大钞,当作废纸来擦屁股。消息传回乡里,村民们议论纷纷,说这个倒霉蛋,不过是条小咸鱼,却翻了个大身。

他们之所以这样说,是因为王后生过去衣不蔽体,食不果腹。要不是靠乡民们接济,吃百家饭长大,他怕是早就夭折了,成了饥荒年月里众多孤魂野鬼之一。

赚了钱的王后生,据说能耐得很,走起路来昂首阔步,傲视群雄;说起话来慷慨激昂,不可一世;做起事来横行霸道,颐指气使……

今年清明,王后生回乡祭祖,出资数万举办"王氏宗亲会",在镇上的餐馆里包了近百桌酒席,说凡是前来吃清明会者,每人封红包1000元。

同族人闻之,竟没一人前去赴宴,他们说:"王氏宗族没有这样的鸟人。"

文墨羽靠乡亲们资助,大学毕业后,在市里一家报社当记者,这令村中人引以为豪。文墨羽每次回村,大家对他都是笑脸相迎,相当尊重。今天这个请他吃饭,明天那个请他吃饭。他是村子里有史以来第一个靠捏笔杆子光耀门楣的人,被称为"文曲星下凡"。

文墨羽很有正义感,写的报道针砭时弊,为底层百姓鸣冤叫屈,因此得罪了不少人。有人骂他,恨他,甚至堵在报社门口,要拿菜刀砍他。但他毫不畏惧,一身肝胆,铮铮铁骨,誓死与邪恶势力斗争到底。报社迫于压力,要处罚他,免他的职。消息传到乡里,全村老少联名上书,盖着血手印,去市里为其请命,终于保住了他的饭碗。

去年,文墨羽的老丈人——镇政府的党委副书记薛遮天,主持库区移民工作,强行拆了村民的房屋,老百姓不服,请求文墨羽将此事曝光,替乡亲们讨说法。文墨羽回乡调查情况,报道都写好了,但最终却不见刊登出来。

从此,只要文墨羽一回乡,乡亲们就要提刀子杀人。以至于前不久,其家父病逝,作为唯一的孝子,他竟不敢回乡奔丧。

徐中云在县里某个局当局长,是村里外出发展的人中,官职当得最大的人。村里人是看着他长大的,以至于现在还有人说:"中云这孩子从小就实诚,没有花花肠子,待人接物很有分寸,办事丁是丁,卯是卯,从不含糊。"

不过,那或许是过去的徐中云。自从当了局长后,徐中云就变了,真正是"士别三日,当刮目相看。"

一次,村里的何老爹去县里走亲戚,在街上碰到徐中云,他夹个公文包,跟一个女娃子并肩走在一起。何老爹兴奋异常,跑上前打招呼,可徐中云偏装着不认识他。何老爹说:"中云,徐局长,你不认得我了?我是老何啊!小时候,我还给你换过尿布的。"徐中云脖子一仰,朝身旁的女娃子做个鬼脸,骂一句:"神经病。就转身走了。"

后来,徐中云坐着小车回村,有人在路上埋了钢钉,把车轮胎刺爆了。还在路上挖了陷阱,整个车头全都掉了下去。徐中云四处找人抬车,就是没有人理。花高价雇人,却反而被人用锄头砸坏了车玻璃。群众骂他:"别以为你是局长,有几个臭钱,就可以为所欲为,老子们不买这账。"

徐中云不服气,让派出所的人前来调查,要求严惩滋事群众。谁知,全村的人都跑了出来,称自己是带头人,说要抓就一起抓,闹得警察无从下手,事情也便不了了之。

不久,徐中云再次返乡,买了好烟好酒,准备向父老乡亲道歉。可刚到村头,竟发现连祖坟都被人给刨了。

作家梦

　　刘江水高中毕业后，就一直在家务农。但他又不满足于当一个地道的农民，于是，便每晚枯坐孤灯下拼命地爬格子，做起作家梦来。

　　还在读书时，他就钟情于文学，熟读中外名著，遍览经史子集。这一兴趣的偏好，对他造成的直接后果，即是除作文写得好外，其他科目的成绩几乎挂零。这也注定了他的高考是必然会失败的。

　　但刘江水认为，并非只有读大学，才是唯一的出路。他说："我不想成为教育的工具，我只想成为人，而文学无疑是唤醒人成为人的最好途径之一。"读书期间，他就开始在一些学生类杂志上发表作品，还获得过几次征文大赛一等奖，这增加了他日后要成为一名真正作家的自信心。

　　刘江水的文学感觉很好，也颇有文学天赋。他写的小说才情充沛，故事耐读，叙事和文笔都很老练。说句不谦虚的话，他甚至比县里面那些所谓的作家都写得好。

一次，刘江水将一篇小说投给县报社。不想，编辑慧眼识珠，很快将该小说刊登在副刊上，占了整整一个版面。作品发表后，迅速在县文学圈掀起了轩然大波。大家像发现了一颗耀眼的新星般，都在打听作者下落。随后，县报又连续发表了他的几篇小说，这使得刘江水的名字，在县文学界如雷贯耳。

尝到了写作的甜头，刘江水越写越来劲。他白天种地，夜晚写作。有时一写就是半夜，甚至通宵达旦，废寝忘食，两个眼睛泡长期水肿、充血。但为了实现梦想，他毫不惧怕身体上的苦，他坚信只要付出，就有收获。常言说得好：若非一番寒彻骨，哪有梅花扑鼻香。

一天上午，刘江水一边锄地，一边构思小说。或许是走神儿，锄头一歪，挖在他一根脚趾头上。他正要弯腰去捡断掉的脚趾，裤袋里的手机响了。一接，是县文广新局打来的。对方说看了他的小说，觉得很有才气；并说局里目前差一个写材料的人，想请他去，问愿不愿意，月薪1800块，上五险。刘江水一听，满口答应。挂上电话，他把锄头一扔，激动得像一只野兔，蹦蹦跳跳地在田坎上疯跑，一路上都是血迹。

作为一个追梦人，他的梦想正在一步步实现。

到文广新局上班后，刘江水正式成了一个文化人。他很满意这个工作，坐在有空调的办公室里，毕竟跟站在烈日酷暑下的田地里不一样。尽管，他并不喜欢写那些枯燥的总结、计划、领导发言稿。为改善心情，下班后，他仍坚持写小说。他想借助这个平台,尽快实现作家梦。

平台变了,认识的人自然也就多了起来。在文广新局工作期间,刘江水结识了县作协主席,还因此加入了县作协。过去读书时,他就对作协这个组织充满敬意。在他看来,只要加入了作协,就是一个堂堂正正的作家了。而那些作协会员,也应该都是些文学高手,人品也比一般人高尚。何况,在这些县作协会员中,有的还是市作协会员,更有中国作协会员,那他们的水平就更高了。刘江水一想到自己往后将会经常跟这帮作家交流文学,提升档次,兴奋得跟打了鸡血似的。

刚开始,县作协一搞活动,都要邀请他参加。刘江水每次去,都战战兢兢,不敢说话。心想,来参加活动的,都是些文学前辈,无论资历,还是文学成就都比他高。他只有虚心学习的份儿。有时,主席安排他发言,他也只是说几句客气话,诸如人年轻,底子薄,望前辈们多多指教云云。

但渐渐地,刘江水发现了问题。他觉得作协这个圈子里,真正懂文学的人并不多。大多数人,都是出来混的。而且,每个人都是自大狂。只要随便在什么小报上发表两篇豆腐干文章,就自诩为作家。那口气,那姿态,似乎比贾平凹、陈忠实、莫言等人还要牛。有次开笔会,有人给在座的一位作家作品提了点小建议,那个作家顿时就火了,站起来一巴掌拍在桌子上,吼道:"你放屁,老子的作品比余华写得好。"桌上的杯子全部震落在地,碎成一包渣。结果还是主席出来打圆场,教大家如何写小说:"小说写什么嘛,无外乎八个字——生老病死,喜怒哀乐;具体怎么写呢，无外乎三句话——开头要吸引人，中间要曲折，结局要意外。"刘江水听主席谈这番写作秘诀，耳朵都听起茧子了。记得他在加入作协的第一天，主席就是这么指导他的。如今，他都从一个新会员变成老会员了，主席每讲写作，还是那番话。

有年作协开大会，主席向每桌敬酒，他只要一举起酒杯，准会说："小说写什么嘛？无外乎八个字……具体怎么写呢？无外乎三句话……"那天全体会员加在一起，总共坐了24桌。也就是说，主席这番话一共讲了24遍，才把杯子里的酒喝干。喝到最后，大家都喝高兴了。有人便站起来说："小说写什么嘛？"大家异口同声地说："无外乎八个字……"领说者："具体怎么写呢？"大家再次异口同声说道："无外乎三句话……"说完，敲杯子的敲杯子，鼓掌的鼓掌，闹哄哄一片。服务员以为发生了群殴，火速跑来察看，见大家摇头晃脑，怡然自得，拉下脸不屑地骂了一句："一群疯子。"

文人大都风流成性，席散后，有人提出要去唱歌、跳舞。于是乎，一干人等浩浩荡荡朝一家歌舞厅鱼贯而入。歌厅老板见来这么多人，以为有大生意，热情得不得了。不大一会儿，便叫来十几个打扮靓丽、妖娆的姑娘出来作陪。姑娘们个个久经沙场，见多识广，随便搂住一个作家的腰杆就跳开了。跳着跳着，就跳到包房里去了。大厅里，只剩下靡靡之音和几个酒喝麻了的人。

大概十分钟不到，一个姑娘从包房里气冲冲跑出来向老板告状："里头那个老头儿神经兮兮的，正事不干，非要拉着我听他谈哲学，真是闯他妈个鬼哟。"包房里的老头听到姑娘叫骂，酡红着脸，夹着一个手提包钻出来——原来是作协副主席，县资深作家。副主席一出来就说："老板，你这里的人素质太低了，太低了，整几个档次高点的嘛。"老板不高兴了："你要素质高，就不到我这里来了。我这里不欢迎谈哲学的，请你给我螃蟹夹豌豆——连爬带滚。"

搞得所有人都不欢而散。

刘江水还认识一个诗人，专门以写诗来勾引女人。该诗人无论在何种场合，只要一见到女性，都要诗兴大发，直冒酸水。他写的那些歪诗，据说很受女性读者青睐，诗中带有很强的挑逗性和肉体气息。有不少女性都被他的诗所征服，醉倒在温柔之乡。每次开会，该诗人都带着一个陌生女性，到处炫耀说是他的铁杆粉丝。

有一次，市里一本内部文学刊物的主编来了，该诗人作为刊物骨干作者，理应大设欢迎宴，为其接风洗尘。为助兴，他邀约了本地一大帮作家前来作陪。其中，自然不乏文学女青年。主编先还有些拘谨，正襟危坐，举手投足皆文质彬彬、斯斯文文、谈吐儒雅，又不乏风趣，充满智慧。待女青年羞答答地敬了几杯酒后，主编总算放开了，脱掉外衣，挽袖赤膊；甚至把鞋子和袜子也脱掉，用手抠脚丫子，还拿到嘴里去舔。言谈也由先前的儒雅，变得粗鲁起来。还时不时讲些插科打诨的下流段子，故意给在座的女性听。讲到最后，他居然自称能算命，可以推断流年，占卜吉凶，使其否极泰来。诗人见缝插针："那不如请大主编给我们这位女士占上一卦，让大家开开眼界啊。"说完，他用腿碰了一下坐在主编身旁的女青年。女青年腼腆地伸出右手："那就麻烦老师给看看。"主编一把将女青年的手抓住，反复抚摸揉搓之后，说了一句："耶，妹儿，你的水多嘞，亮汪汪的。"女青年的脸唰地红了，迅速将手缩回，举座爆笑。

主编回去之后，很快便在自己的刊物上，给诗人发了一大组诗作。但不知是印刷疏漏，还是其他原因，那一期杂志上，诗人的大作竟出现了两次，连目录上也是重复的。诗人高兴坏了，自行购买了100本样刊，见人就送。刘江水一翻开杂志，就发现是编辑出错。他刚想开口提醒诗人，诗人却抢先开口："江水，大家都夸你的小说写得好，其实，我的诗也写得不赖。不然，人家不可能一期同时给我发两次。"

刘江水哑口无言。

对于作协圈子里发生的类似事情，他早已是见怪不怪。也正是因为见得多了，刘江水对自己的梦想产生了动摇。他觉得所谓的作家，不过是一群自娱自乐、自高自大、自我膨胀、自我标榜、自我发泄、自我取暖的精神侏儒。他开始鄙视作家，开始拒绝成为一个作家。他说，与其当一个作家，还不如当一个农民，实实在在地跟大地相守，春种秋收，无欲无求。

思忖之下，刘江水将写作以来的几大捆手稿全部付之一炬，还毅然辞去了文广新局的工作，重新回到了乡下。

可万万没想到的是，当他再次上坡干活时，双手却连锄头都不会握了。

抵命

犬子与婆婆相依为命。

从小到大，为把犬子抚养成人，婆婆吃过不少苦头。背驼了，眼瞎了，头发白了，皱纹深了……总之，婆婆现在躺在木床上，枯瘦如柴，病入膏肓。过一天是一天，过一分钟是一分钟，过一秒钟是一秒钟。

犬子每天唯一的任务，便是照顾婆婆，为其喂饭洗衣，捏腿捶背，端屎接尿，他想陪伴婆婆走完最后的光阴。

可三个月过去，六个月过去，两年过去，婆婆舍不得犬子，迟迟不肯闭眼。村里人都说犬子真是个大孝子，要是换了别人，可能早就弃之不理，独自逍遥自在去了。"久病床前无孝子"这句话，在乡村是最为普遍的生活写照。但犬子的行为，修正了此种说法。

或许是婆婆体恤犬子，不想再拖累他。有一次，她叫犬子去镇上买碗甜酒回来，说濒死之人喝了这东西下火，死得快，没啥痛苦。犬子不从，说自己做不出如此大逆不道之事。婆婆说："犬娃，婆晓得你孝顺，但人早晚都得死，我死了，你才能过伸展日子啊！"犬子说："婆啊！你多活一天，孙儿就陪你一天，没了你，我活着还有啥意思。"说完，婆孙俩都哭了。犬子跪在床前，婆婆躺在床上，哭得天昏地暗、肝肠寸断。

后来，犬子见婆婆气色越来越差，担心其阳寿将尽，便问："婆，你还有啥心愿没？"婆婆想想："也没啥心愿，就是还想到镇上去看场电影，以前我带你去看的那场，可我这辈子去不了了。"犬子的眼泪止不住了，他想起了二十几年前，婆婆带他去看的第一场，也是唯一一场电影——《世上只有妈妈好》。那次，婆婆抱着他，在人群里拥挤，还被人踩掉了一只鞋子。

第二天，犬子来到镇上找电影院，可电影院早已变成了一个垃圾站。不过，过去的那位放映员还在，胡子花白了，叼一袋烟，坐在镇上的茶馆里摆龙门阵。犬子又坐车到县城，转了半天，才在闹市区找到了电影院。他向工作人员说明来由，并请求他们能乡下为婆婆一个人放场电影。不想，犬子的想法遭到放映人员的嘲笑，他们说："别说你分文不给，就是给钱，我们也不会去。"那天，失望的犬子在电影院门口蹲了很久。直到傍晚来临，他才悻悻而返。

回家后，婆婆问他去了哪里，犬子沉默不答。过了好一会儿，他才声音颤抖地说："婆，孙子对不住你，我恐怕得出两天门。"说完，神色慌张地跑出了家门。山野阒寂，天幕上点点繁星。

犬子刚逃不久,公安局的人便打着电筒来了。他们问:"你孙子回来过没?"婆婆摇摇头。再问:"包庇罪犯,一样难逃干系,晓不晓得?"婆婆还是摇摇头。这时,婆婆才搞明白,犬子把放映员杀害了。他试图闯进放映室偷放映机,进去之后,才发现现在的放映机,跟过去的不一样,是偷不走的。但人已经杀了,祸事已经酿成,有啥办法?

警察走后,婆婆哭了一个通宵,为自己,更为犬子。

婆婆不懂法,但她晓得杀人偿命的道理,于是开始后怕起来,他意识到犬子或许一辈子都只能东躲西藏了。黎明时分,婆婆终于做出了决定——自杀。她想一命抵一命,如此,犬子就可以堂堂正正做人了。

其实,犬子并未逃远,一直躲在后山的岩洞里。只要婆婆在,他是不可能逃远的。犬子惦记着婆婆饿了,回去给她做午饭。甫一进屋,便看见婆婆的尸体,不禁号啕大哭。他拼命用头去撞床沿,血水直往下流,把铺盖都染红了。

午时刚过,犬子即被捕。他请求将婆婆掩埋后,再去自首,警察没有同意。临别时,他跪在婆婆遗体前,磕了三个响头,比炸雷还响。

一年后,犬子被判死刑。

行刑当天,乌云密布,野风哀鸣。一声枪响,在另一个世界里,又新添了一对婆孙。

香灯师

　　"香灯师"或许只是黄杨村的叫法，别的地方叫什么，我不知道。所谓"香灯师"，即专门在道士为死者举行法事时负责点香烧纸的人。这虽不是一种专门的职业，却也是某些人借以活命的方式。如今，活人靠挣死人的钱混饭吃早已不是什么新鲜事。比如那些靠卖"风水宝地"发财的人；再比如那些不但活跃在乡村，在城市里依然吃香的"阴阳先生"等。

　　但"香灯师"比"阴阳先生"有尊严，他真正是以尊重的心态送死者上路的人。

　　我要说的这位"香灯师"，至今我都不晓得他的真实姓名，大家都喊他"锅炉"（或许是他年轻时烧过锅炉吧）。目前，他已年逾古稀，一个人住在山坡上一间土坯房里。

　　我还很小的时候，就经常见他在方圆几个村庄窜动。只要看到"锅炉"的身影出现，就意味着那个地方一定有人去了阴间。"锅炉"见谁都是一张笑脸，即使在面对死者家属时，他的笑容也像一朵灿烂的葵花。在"锅炉"眼里,死亡并不可怕,也不值得过度悲伤,就跟吃饭睡觉一般正常。

听村里人讲,"锅炉"是个孤儿。自然灾害时期,他的父母均死于饥饿和疾病。从死亡堆里爬出来的"锅炉",被一个好心的单身汉大叔收养,才得以躲过一劫,保全性命。后来,待"锅炉"长到十多岁时,抚养他的大叔在一次抢险中被洪水冲走,"锅炉"重又成了个孤儿。

村人见"锅炉"可怜,一日三餐只要谁家先煮熟饭,便叫他去吃。"锅炉"不好意思经常去别人家蹭饭,就帮管饭的人家干一些杂活儿。这样,他的心里会稍感平衡一些。要是遇到村中有红白喜事,"锅炉"都会提前去帮忙打杂。发展到后来,他也就成了专职"香灯师"。

一个年纪轻轻的人,开始跟死人打起了交道。

凡事干的时间长了,就会产生感情。"锅炉"长到二十几岁的时候,有好心人劝他出去正儿八经找个事做,挣钱娶婆娘成个家,可"锅炉"似乎只对死人感兴趣,对别人的劝告无动于衷。渐渐地,在不断亡故之人的陪伴下,香灯师"锅炉"从青年变成了中年,又从中年变成了老年。

近些年,由于生活条件的改善,村中无故死亡的人相对来说比以前少了,但"锅炉"仍然热爱着"香灯师"的活计。只要村中有人去世,他准会闻风而动。这是他多年来养成的习惯,改不了。

改不了也没办法,现今的农村办丧事很难再有"香灯师"的席位。村民为图方便，凡遇婚丧嫁娶，大都请"红白喜事一条龙"。就连"哭丧歌"，都由"一条龙"的人代哭。代哭者虚情假意，涕泪横流，死者家属在旁边不动声色，平静如水。

前不久，我回乡参加一个叔公的葬礼，葬礼上，又看见了"锅炉"。他拄着一根拐棍儿，饱经风霜的脸上有些蜡黄。出殡前夜，"一条龙"舞蹈队在院坝里表演现代舞，几个年轻的姑娘，穿着露脐装和超短裙跳得热火朝天，口中唱着时下流行的劲爆歌曲，仿佛正在举行一场产品推销活动。

夜幕低垂，寒气骤聚。"锅炉"独自坐在几桌搓麻将的人中间打瞌睡，右手的两指间夹着一根烟，燃尽的烟蒂快要烧着手指了，他都没有察觉。

香灯师"锅炉"正在陪着故乡一同老去。

领导艺术

　　丁根是黄杨村人，在镇政府任党纪委书记。此人为官一向清廉，公正严明，不徇私枉法，在群众中口碑甚好。只要一提起丁书记的名字，人人都要竖大拇指。俗话说，金杯银杯，不如老百姓的口碑。能得到百姓称赞，这让同样是农民出身的丁根颇感自豪。尤其是他那年过花甲的父亲，一听到乡邻们夸赞儿子，脸上洋溢出的幸福像花儿一样。随便走到哪里，认识他的人都要对其肃然起敬："老丁，你真是祖上积德啊！生了丁书记这么个能干的领导。"老丁高昂着头，背着双手，乐呵呵地说："龙生龙凤生凤，耗子的娃儿会打洞，你不看看他是谁下的种。"说得大伙儿也跟着笑。

　　其实，老百姓大都很善良，也很好糊弄。他们评价一个领导好不好，不在乎你真的修过几条路，打过几口井，或筑过几个鱼塘；而是看你对待他们的态度是蛮横跋扈，还是谦和低调。假如他们来镇政府办个事，你主动打声招呼，露一个笑脸，或安排下属递上一杯热茶，即使事情没办成，他们也不会埋怨你。不但不埋怨，回去后多半还要给你扬名，逢人就说："某某领导不错啊！没把我们当傻农民看待。我前几天去办事，他还散烟给我抽，留我吃饭呢，啧啧。"至于你是否真的散烟给他，是否真的留他吃饭，已经不重要了。他们之所以如此夸大其词，不过是觉得一个堂堂镇领导，能屈尊身价，对一个农民笑脸相迎，这无疑给了他莫大的荣耀，想在村人面前显摆罢了。

可这样的基层领导少之又少。

丁根大概在这方面，是做得比较到位的。只要看见有村民到政府来，不管是不是找他的，他都要主动询问情况，说些暖心窝子的话。时间长了，村民也就对他产生了信赖，愿意跟他交谈。有时，遇到比较刁钻的村民，来政府反映问题，非要哭着闹着见党委书记和镇长。他们怕招架不住，一般都要请丁根出面化解矛盾，为党政领导排忧解难。对处理这类问题，丁根很有经验。他把闹事者请到办公室，落座奉茶，一席掏心掏肺的谈话之后，哭闹者气就消了，还笑着离开了镇政府。

因此，党政领导都很喜欢丁根，认为他处事冷静，有方法。不像有的同志，处事方法简单、粗暴，一遇到稍微麻烦点的事情，就互相推诿，结果把事情搞砸了。

但也有眼精的人，看穿了丁根的圆滑和世故。他对上，讨领导欢心；对下，讨百姓欢心，自己乐在其中，好人都让他做了。所以，有人在背后议论，说丁根天生是块当干部的料。假以时日，他必定矮子爬楼梯——步步高升。镇政府这个池塘太小了，早晚留不住他这条大鱼。

这不，机会说来就来了。

前不久，政府新来了个研究生，姓徐，是县委组织部某副部长的儿子。人来之前，副部长就专门给镇里相关领导打了招呼，说他儿子大学刚刚毕业，没有工作经验，先派到基层来锻炼锻炼，熟悉一下情况，请大家务必帮忙照看照看。末了，副部长还特别嘱咐，千万不要看在他的面子上，搞特殊化。一定要跟其他新来的同志一样对待，这样，才有助于年轻人的成长。

可小徐到底是干部家庭出生的孩子，天生有种优越感。报到当天就翘尾巴，嫌办公室差，还跟同事吵了一架。领导无奈，只好把他调整到另一个办公室，跟一个也是才来不久的女干事一起办公。这位女干事天生丽质，眉清目秀，长得小巧玲珑，很讨人喜欢。小徐一眼就看上她了。起初，他还算礼貌，只在言语上挑逗对方。见对方爱理不理，发展到后来，他开始动手动脚。有一次，趁同事们都在午休，他竟然将女干事强行按在办公桌上，欲行非礼之事。女干事哭着跑了出来，惊动了整个镇政府。

党政领导意识到事态严重，但考虑到他父亲这层关系，想简单批评教育一下了事。可女干事死活不依，非得要求严肃处理。否则，她将向上级有关部门反映。领导心虚，只好责令丁根来处理此事。

第二天刚上班，丁根见女干事也来了，便大声地喊："小徐，到我办公室来一下。"丁根的办公室在二楼，正好斜对着女干事底楼的办公室。也就是说，女干事只要抬头朝窗外一望，准能窥见丁根办公室里的情况。丁根故意将门打开,小徐刚到,他就大发雷霆:"小徐同志,你知道自己犯了什么错吗?一个堂堂高才生,又是新党员,竟然做出这种不雅的事来,你今天必须老实向组织做检查交代,否则,后果不堪设想。"小徐站在门边,一副平安无事的表情:"丁书记,请你搞清楚我是谁哟!"丁根眼一瞪:"不管你是谁,纪律面前,人人平等。"小徐见丁根不懂事,瞥了他一眼说:"听我爸说,他平时待你不薄哟!"丁根有些紧张,偏头瞧瞧楼下的女干事,哐当一声,就把门关上了。小徐猜想丁根要动真格,吓得两腿发软,靠在墙上不敢正视他。

丁根点燃一支烟,抽了一口,指着小徐道:"我说你娃毫无用处,纯粹是个草包。"

小徐战战兢兢地说:"丁书记,你,你骂人。"

丁根说:"你连个小女生都搞不定,难道我不该骂你吗?"

小徐听丁根话中有话,说:"丁叔叔,你的意思是……"

丁根指指旁边的沙发,示意他坐下。小徐一屁股坐下去,望着丁根。丁根又抽一口烟:"你不动脑子想想,男女之事,要你情我愿嘛,靠蛮干行吗?你看你,衣服舍不得给人家买一件,饭舍不得请,戒指、项链舍不得买,就是钓鱼,也要撒几把食嘛。"

小徐一听,刚才还紧绷的脸放松了,他站起身拉住丁根的手说:"丁叔叔,你一语点醒梦中人,你真是我的救命恩人啊。"说完,转身退出了办公室。他都已经在下楼了,丁根还站在走廊上大声说:"下班前必须将检查交上来,不然,严惩不贷。"

事情就这样过去了。

党政领导见风波平息，心里舒了一口气。在一次会后，他们问丁根："小徐的事，你究竟是怎么摆平的？"丁根笑笑，卖关子地说了一句："这是领导艺术。"

但丁根的领导艺术，最终还是没能保他平安。那个女干事将事情的前因后果发到网上，引起了强烈的社会舆论。一个月时间不到，镇政府的党政领导，包括丁根在内，全部被双规。

据说，此事还直接牵涉小徐的父亲——老徐部长。

吸毒者

前不久回乡,发现村头靠南面的山坡上,竟多出一个新垒的坟堆,心中不免悲凉起来。近年来,黄杨村已有不少老人去世,他们都是我自幼就熟识的。看到他们一个个先后离开那块土地,我的心总是很痛。就像你从小爬上爬下的那些树,某一天被人给砍倒了,你一定会大哭一场。因为,他们连着你的记忆和血脉。

从新坟下面的山路走过时,我特意朝坟上望了望。奇怪的是,这座坟跟以往的新坟不同,光秃秃的,连个花圈都没有,我感到疑惑。后来一打听,才知道死去的,是村里的刘勇平,我又不禁惋惜起来。

刘勇平刚过四十岁,正值人生壮年,却不幸死于吸毒。

时间倒退到1997年,高考落榜的刘勇平负气之下,决定一辈子扎根农村,靠锄头和镰刀闯出一条路来。本来,刘勇平的学习成绩一向优秀,还是班上的语文课代表。每学期期末考试,总成绩都排在年级前三名。老师们都很器重他，属于重点培养对象。可人世间的很多事情，往往说不清楚。有些看似已成定局的结果，却在转瞬之间出现变故。

刘勇平成绩虽然优异，但身体却很差。自幼营养不良，导致他经常出现贫血。学校老师甚至都不敢让他上体育课。有次在课堂上，老师请他回答问题。他刚一站起来，就晕倒了，把上课的老师吓得脸色苍白。所以，高考时，老师们最担心的，即是刘勇平贫血。在高考前一个月，班主任体恤他，每天都在家里给他煮一个鸡蛋拿来。然而，该来的终归还是来了。刘勇平在第二场数学考试时，贫血加上紧张，使他出现头晕目眩的症状，眼前一会儿黑一会儿亮。他咬牙硬撑，额头汗珠如豆。待考试结束时，他趴在桌上，人已经虚脱了。

就这样，刘勇平从考场上败下阵来。老师们都深感惋惜。班主任建议他复读，却遭到刘勇平父亲的坚决反对。他们家中，已无力支持刘勇平继续读书。

刘勇平确定自己将从此告别课堂，他也就不再痴心妄想，开始在副业上打起了主意。他凭借自己有限的知识，从亲戚处偷偷借了几百块钱，跑到乡畜牧站去学兔子养殖技术。然后，又想方设法到乡信用社贷了款，回家辟出一块荒地，搭棚搞起了养兔场。刚开始，由于没有经验，刘勇平养的兔子经常莫名地死去，这让他焦头烂额。村子里的人见状，都嘲笑这个毛头小伙子胆子大，不知天高地厚。他父亲也责骂他好高骛远，不切实际。但刘勇平丝毫不顾这些流言蜚语，全身心投入养兔事业上。

两年过去，时来运转，刘勇平靠养殖兔子，赚了一万多块钱。这让全村的人都眼红。那些曾经嘲笑过他的人，都对他刮目相看。他的父亲也不再责骂他，每天都候在养兔场，帮儿子喂兔子。一张老脸上，总是挂着笑，像中了彩似的。

　　又过了两年，兜里有了钱的刘勇平，琢磨着要在乡里盖楼房。地基都找好了，匠人也安排妥当，说等过了梅雨季节就动工。

　　一天，刘勇平正在喂兔子草料，不想村长却反背着双手，跑到他的养兔场来左瞅右看。刘勇平一见是村长，赶忙停下手中的活儿，从裤袋里掏出一支烟递上，半开玩笑地说："村长视察工作来啦。"村长接过烟点燃，拍拍刘勇平的肩说："小刘啊，你真有出息。看看你这场子，净是大红钞票啊。你当初要是真考上了大学，说不定还不如现在呢！"刘勇平自从高考失利后，最反感别人提他读书的事，故眉头一皱说："村长有事吗？""没啥事，就是来看看你。"村长莫名其妙地回答。那天，村长在刘勇平家待了很久，直到刘勇平实在没有耐心了，他才转身离开。

　　原来，村长那天的真正用意，是来给刘勇平提亲的——他想把自己的闺女嫁给刘勇平。一个月后，当村长找媒人正式说亲时，却遭到了刘勇平的婉言回绝。刘勇平借口自己事业正处在发展阶段，不容分心，暂时不考虑婚姻之事。但实际上，却是刘勇平根本没看上村长的女儿。此女子年龄虽跟刘勇平很适合，但人却长得有些丑。身材肥胖不说，关键是天生一双"对眼"。平时看人，两只眼仁就像酒桌上两颗去了皮的花生米。

村长遭到刘勇平的拒绝后，深感颜面扫地，倍受侮辱，对刘勇平怀恨在心。特别是他那宝贝女儿，一心要对刘勇平以身相许。眼看愿望落空，成天躲在家中乱发脾气，又哭又闹。村长的小儿子见姐姐痛苦不堪，原本就性格暴躁的他，发誓要替姐姐雪耻。

有一天深夜，借着朦胧月色，村长的儿子偷偷摸进刘勇平的养兔场，在饲料里投放了几瓶农药。翌日天明，刘勇平刚打开养兔场的门，眼前的一幕让他欲哭无泪——左侧架子上的一百多只兔子全部死亡。

刘勇平怀疑是村长家所为，但报案又缺乏足够证据，气急之下，他跑去找村长论理。不料，刚一见面，双方便吵了起来。村长父子二人又凶又恶，矢口否认是他们投的毒，骂刘勇平血口喷人，栽赃诬陷。刘勇平越想越来气，抄起院坝边的一把锄头就朝对方打去。村长的儿子躲闪不及，锄头正好落在他的右腿上，骨头都露了出来。后因伤势严重，村长的儿子被迫截肢。

就这样，刘勇平的养兔场垮掉了。他将养兔的所有积蓄都拿来做了赔偿费。从村长家里出来，重新变得一贫如洗的刘勇平，跪在他亲自选定的那块准备建楼房的地基上，痛哭失声。

从那以后，刘勇平离开了乡村，去了县城，经一个曾经同样是高考失利的同学引荐，在一家酒吧里做服务生。

正是在酒吧里，刘勇平沾上了毒品。

沾上毒品的刘勇平迅速消瘦下去，只剩一张皮了。隔三岔五，刘勇平还不忘回乡去看望他那老父亲。他父亲年龄大了，也是体弱多病。每当见到刘勇平现在的模样,父亲都忍不住老泪纵横。有时,刘勇平毒瘾发作,也不回避父亲,当面进行自我注射。父亲见他双臂刺满疤痕,心痛得四肢痉挛。

去年冬天,刘勇平在县城的出租房里毒瘾发作,失控从四楼窗口跳下,坠楼而亡。他的父亲强忍悲痛,托乡邻将刘勇平的尸体抬回乡下薄葬了。

按照黄杨村风俗,只有死者的后生晚辈才会为其敬献祭幛和花圈,长辈是绝不会这么做的。刘勇平未婚无子,故他的坟头上连花圈都没一个。

夺水大战

　　每天清晨,村人们最重要的事情,是挑着桶去村头唯——一个地势低洼的水坑里取水。自2006年大旱以来,重庆下属的大部分区县至今缺水。黄杨村虽有一条河流,但住户大多在半山腰上,山脚的水源到不了山上去。加之村庄海拔高,故缺水尤为严重。曾经水量充沛的稻田,几年都没开过镰了。田里龟裂的缝隙,像一些流干血液的伤口,撕扯着大地的皮肉。昔日金灿灿的稻谷不见了,夏夜聒噪的蛙声销声匿迹。靠天吃饭的农民们,无不望天兴叹。叹息过后,只好扛着锄头,去旱地里种点麦子和高粱等耐旱的农作物,维持活命的口粮。

　　村中原本有一口池塘,因干旱太久,根本蓄不满水。所蓄的少量水源,长期混浊不堪,水面浮满残渣,人是不能饮用的,只能给牲畜使用。为尽量节约用水,村里人洗衣和洗澡,都用池塘里的脏水,致使村里大多数人都患有皮肤病。

　　能供人饮用的那个水坑,水量也极其有限。从地底浸出的山水本来就少,全村近二十户人家,都指望这个水坑。去得早的人,尚可取到清亮的水。跑到最后的人,就只能挑到两桶带着泥浆的黄水。因此,天还未亮,各家各户的人就打着手电筒去水坑舀水。那情形,仿佛一群做贼的人,在盗取自然界的宝藏。

我那年过古稀的奶奶,也不忘加入取水的队伍之列。父母怕累着她的身体,让她别去取水,由他们取回来,可奶奶执意要去。她说:"我就是要看看村里的水到底是怎么没的。"奶奶挑不起两桶水,就找来一个装过酒的大塑料壶,用麻绳搓了两根背带,一壶壶把水背回来。

村中其他老人,看到我奶奶的举动,仿佛人人都返老还童似的,拄着拐棍儿,提桶端盆地去水坑抢水。有时为了抢一瓢水,他们会互相发生摩擦,引起口角纷争。这些老人,和睦相处了一辈子,到头来,却因一口水反目成仇,晚节不保。想想,何其悲也。

2010年夏,我曾专程回乡,就当地村民的饮水问题写过一篇调查报告,将情况如实向当地政府部门反映。政府也曾派人前来实地调研过,但问题始终未得到妥善解决。后来,我又多次鼓动村干部向上边反映情况,仍是瞎子点灯白费蜡。

去年的一天,黄杨村村民因为抢水,就曾发生过一起恶性群殴事件。

那天,村民吴德宽嫁闺女,迎亲的队伍头天下午就来了。花红喜炮将一场婚礼烘托得热热闹闹。按本地风俗,男女双方都要大设宴席,款待四方宾朋。办宴席需要用大量的水,吴德宽几天前就开始在储蓄饮用水了。但储蓄的水远远不够宴席之需。办宴席时，厨子不停地在催吴德宽找水。吴德宽怕开不了席，让男方看笑话，就专门派一个人去水坑边蹲守。只要坑中积蓄一瓢水，就赶紧舀一瓢。

说也凑巧，同在那天，村中吴德奎早已病危的母亲不幸逝世。办喜事要用水，办丧事也要用水。吴德奎一边派人搭灵堂，一边派人到水坑取水。事情于是麻烦了，两家的人，都盯着坑里那点涓涓细流。办喜事这边说："嫁女事急，耽搁不得，我先舀。"办丧事这边说："死了人更急，我们先舀。"双方的理由貌似都很充分，但水的确就那么丁点儿。争来夺去，红白之间便发生了抓扯。失亲之痛的吴德奎一听夺水之事，更是悲愤难抑。一气之下，他带领弟兄姊妹跑去坑边兴师问罪，把吴德宽这边的人打得屁滚尿流。吴德宽自然不甘示弱，亦发动三亲六戚提棍拿杠前去"迎战"。新郎见势不妙，当即号召迎亲的人，跟随岳父一并"出征"。片刻之间，只见坑边棍棒挥舞，喊声震天，桶瓢乱飞，像一群受惊的马蜂，不惜以命换命，拼死一搏。这场斗殴持续时间很长，把村里的人都吓傻了。有人出面劝阻，却被乱棍击伤。打到最后，红白双方的人都挂了彩，一个个宛如侥幸生还的残兵败将。吴德奎的头部被砸出一道口子，血流不止。而吴德宽的女婿为了保护他，也被柴刀砍伤胳膊，痛得眼泪长流。

一瓢水，就这样让本该欢喜的人转喜为悲，悲痛的人愈加悲痛不已。

红色高跟鞋

开篇之前，有必要先向读者交代一下。

这双高跟鞋之所以值得写，并非它有多么昂贵，多么了不起。它只是一双普普通通的鞋子，跟城市大街上那些年轻貌美的姑娘脚上穿的差不多。如果你是一个喜欢我文字的女性读者的话，说不定，就在你读这段故事时，你的脚上正好也穿着这么一双鞋呢！但假如这双鞋不是出现在城市里，而是在乡下，在乡下的一堵院墙上，被一个老人从早晨注视到傍晚，从朝阳初升守候到晚霞满天，那情况就不一样了。它或许比童话世界里那双被施了魔法的水晶舞鞋，还要让人着迷。

那么，这到底是一双什么样的鞋子呢？莫要急，待我从头跟你讲起。

这双鞋子的主人姓王，叫王大梅。因她天生爱臭美，后来，大家干脆喊她王大美。王大美是村头王石匠的女儿，几年前的一个夜里，她突然失踪了。王大美失踪当晚，天降大雨，电闪雷鸣,整个村庄都浸泡在雨水里。第二天早晨,雨刚停,王石匠便在村里东窜西跑,丢了魂似的。后来,才知道是他女儿逃婚。午时刚过,男方得知未过门的媳妇跑了,便约舅邀姑赶来一拨人,向王石匠要人。又哭又闹,还砸桌子摔碗。无奈之余,王石匠只好退了这门亲事。

一晃六年过去,当村里人都忘记了王大美的存在时,她居然神不知鬼不觉地又出现在了村子里。那天下午,村里人都聚集在村头的槐树底下开会,刚开到一半,就远远看见村路上走来一个人——留一头披肩长发,上身穿一件皮衣,下身穿一条牛仔裤,脚上穿一双红色高跟鞋。大家都为这个人的出现深感诧异。村长停止了发言,与会的人都伸长了脖子,把目光朝向同一个方向。渐渐地,那个人影越来越近,直朝槐树底下走来。正当人们纳闷时,只见她朝人群里瞥了几眼,冲着王石匠叫了一声爹。王石匠触电般傻愣着,半天才回过神来,眼泪夺眶而出。直到那刻,大家也才认出她就是王石匠失踪的女儿。

王大美的回村,像一头怪兽,搅乱了人们平静的生活。村里上学的孩子,每天早晨经过王石匠家门前时,都看见王大美左手端一个水盅,右手拿一把小刷子,刷她的牙齿。边刷边有白色的泡沫从嘴里流出来。刷完牙,还要洗脸,在脸上涂一种什么东西,然后用双手揉搓出类似她嘴里流出的那种泡沫来。有一个叫娅娅的小姑娘,自从看到王大美的怪异举止后,上课就不专心了,老是走神。她脑子里浮现的,全是王大美嘴里和脸上那白色的泡沫。一次放学后,她偷偷躲进灶房,把一块烂布片缠在筷子的顶端,蘸湿水洗牙齿。洗了一会儿后,她发现嘴里流出来的并不是泡沫,而是鲜血。由于摩擦过度,伤了牙龈,嘴巴又肿又痛,不能进食,学也没法上,被父亲骂得狗血喷头。

　　不但小孩如此,就连村里的男人们,也开始变得懒惰起来。一上坡,就坐在田坎上,议论王大美的长相,诸如皮肤如何白净,胸脯如何高挺,屁股如何滚圆。收工的时候,即使绕着圈,也要从王石匠的门前走过。他们就算没有看见王大美本人,看看她晾在院坝里那五颜六色的衣服,也是一种享受。村里的妇女们,更是一夜之间换了个人似的,突然关注起自己的穿着来。干活时穿的衣服,跟在家时穿的衣服,是不一样的。每天干完农活,都要反复用洗衣粉把手洗了一遍又一遍。她们幻想自己的手,能像王大美的手那样白净和光滑。

　　最耐不住寂寞的,是村子里那些年轻姑娘们。没事的时候,她们就朝王石匠家里跑,围着王大美试穿那双红色高跟鞋,还央求她讲外面的事情。王大美很乐意跟姑娘们在一起聊天,那些姑娘们也很信任她。渐渐地,她们变得亲密无间。王大美经常从镇上买回鸡鸭鱼肉,叫姊妹们去吃饭。还送给她们穿旧的一些衣服、裙子。姑娘们得到赠送的礼物,分外兴奋,整天穿在身上,在村子里走来走去。她们从来没有看到过这么漂亮的衣裙。

　　几个月过后,王大美再一次从村子里失踪了。跟着她一起失踪的,还有平常围着她转的那几个姑娘。王大美失踪后,曾给村长写来一封信,她让村长转告那几个姑娘的父母,请不必替她们担心。说姑娘们全都跟她在一起,在一家什么工厂里做纺织女工,每个月能挣两千多块钱。随信她还给几个姑娘家里各寄了三百块钱,说这都是姑娘们挣来专门孝敬父母的。那封信没有具体的寄信地址,只是信封的右下角,写着两个字:东莞。

自从王大美走后,王石匠也不再做石匠了。据说王大美给他留下一笔钱,足够他养老。每天,王石匠都守在王大美给他买的那个彩色电视机前,收看他永远看不懂的电视节目。如果天气晴朗,阳光充足,他准会把王大美留下的那双红色高跟鞋放在院墙上晒着。而他就坐在墙根下,望着鞋子发呆。若是有人从王石匠家门前路过,也会擦亮眼睛,望一望那双鲜红的高跟鞋。尤其是那些失踪姑娘的父母,望得最为仔细,仿佛那双鞋子是自己的闺女留下来的。

与自己对话

　　刘文东今年五十三岁,婆娘去年跑了,年轻时领养的一个孩子,也于前不久找他的亲生父母去了。如今的他举目无亲,守着几亩薄田过活。他曾尝试着出去打工,找个事干,但没有任何地方要他,嫌他年龄大了。于是乎,为抵制孤独,他隔三岔五地给自己写信,把内心的寂寞写下来。由于没啥文化,信写得不怎么好,错别字随处可见,甚至有些语句也不大通顺,但表情达意无疑是真诚的。这里只摘录一封,除别字和病句做了修正外,均为信件原貌:

老东头:

　　若真要说的话,我这辈子活得真是窝囊。年轻时讨不到婆娘,被村里人瞧不起,骂我屎本事没得,当作大粪泼出去都不肥田。过了四十岁,费了卵子大的力气,才讨到一个过婚嫂。可结婚三个月不到,就跟另外的人跑了,连脚印都没留下一个,你说我活着还有啥劲儿。

再说我那儿子吧，虽然是捡来的，可我待他比亲生的还要好。没想到，他长大成人，翅膀就硬了，一拍屁股走得干干脆脆，招呼都没打一个，你说寒心不寒心。就是养条狗，也不至于那么绝情绝义吧！

文东，近段时间来，我脑壳痛得厉害。里面像钻进了个裁缝，拿着剪刀在绞我的脑水。这大概是年轻时落下的毛病，为了赶活路，经常用冷水洗脑壳。我早就想去医院查查了，可又舍不得钱。像我们这种贫苦人，命都贱得很，只要还没倒桩，走得路，吃得饭，哪个愿意去进医院呢，你说是不是？

现在这个年头，活命难啊！庄稼种不下去，收成差。你累死累活忙了一年，到头来却颗粒无收。靠天吃饭已经不行了，纯粹以挖泥巴糊口，最终只有饿死。你看看村里，还有多少人在种地啊。种地的人，都是些没用的人。有能耐的人，都去了城里。村中的颜炳银就是个例子，他原本比我还穷，也是个单身汉。就因为出去打工，短短几年时间，就混得人模狗样了。身上穿的都是皮子货，连领带和内裤据说都是配套的。抽的烟一包至少是10块钱以上的。他有次回来给他老汉上坟，碰到我，就散了支烟，我到现在都没舍得抽。只偶尔拿出来嗅嗅，买不起好烟，嗅嗅也就可以了。你再看他新讨的婆娘，脸上涂得红绿花色的，走起路来屁股能甩得出油，肥汪汪的。要是晚上睡到一起，不晓得该有多来劲啊！要是挖泥巴，你就是挖一辈子，也挖不出这么一个婆娘来吧！

文东，我跟你说这些，你千万别笑话我哈。在这个村子里,我只信赖你。其他人,我都不愿意跟他们打堆。如今的乡下人,跟城里人差不多,嫌贫爱富。只要你有钱,每天围着你转的人一拨一拨的,比赶场的还多;可要是你是个穷光蛋,没有任何人会理你。他们做啥事都挤对你,把你整得背气。横竖看你都不顺眼,你种在土里的青菜,他们会撵鸡来啄;你蓄在池子里的水,他们会指使细娃儿来撒尿;你晒在坡上的柴草,他们会点把火烧了;你树上结的果子,他们过路时会全部摇落……总之,你身边处处都是陷阱,是别人给你下的套儿。

我这辈子受够了这种折磨,从来都没抬起过头。但我不会怪罪他们,人都是要死的。你再强,再能干,到头来还不是一包灰,通通都要到阎王爷那儿去报到。你看村里的老孙头,儿子有钱,吃好的喝好的,待人接物又凶又恶,现在中风了,屎尿糊得满身都是,儿女一个都不在身边,活得丢人现眼,又有啥意思?

文东,说句实话,我现在是既不想婆娘,也不想儿子了,他们走就走吧,我这辈子做事,对得起自己的良心。哪怕将来当个饿死鬼,到处抢水饭,也不后悔。人嘛,好活歹活都是活,日子穷过富过都是过,你说是吧?

那就不说了,说多了也没啥意思。

老东头

2014 年 2 月 20 日夜

农民企业家

　　别看刘正钱只有小学文化程度，却是从黄杨村走出去的一个知名人物，被称为"农民企业家"。他的社会地位很高，他目前的职业身份，是一个大型汽车修理厂和销售中心的老总，每年都为县里的经济建设和财政收入做出重大贡献，还连续三年被评为市级"年度经济人物"。

　　我曾有幸得到过刘正钱赠送的一本传记，对他的成长足迹和创业经历有所了解。他是伴随改革开放的脚步，最早去南方的淘金者之一。卖过海鲜，开过夜总会，办过学校。后为支持家乡建设，造福桑梓，他毅然回乡，创办了现在的汽车销售维修企业。因财力雄厚，短短几年时间，他的企业便成为渝西地区的行业龙头，影响很大。

　　任何场合，只要刘正钱一现身，那绝对意味着一种规格和档次。只有那些有头有脸的人，才有机会见到刘正钱。一般的普通人，想要见他，那比见县委书记和县长还难。

凡是有钱的人,都喜欢附庸风雅,刘正钱也不例外。他尤其注重自我的修养和品位,平时最大的爱好,是吟诗填词。只要有饭局,总不忘在席间展示自己的才华。几杯酒下肚,他便摇摇晃晃站起来,为在座的人朗诵他最近的大作,比如《将进酒》《蝶恋花》等等。听者无不如痴如醉,拍案叫绝。一阵掌声之后,满桌的人都要争相敬酒。一次席间,刘正钱刚朗诵完新作,有人立即敬酒说:"刘总真是才华横溢,才高八斗啊,你看一般的人,即使有点儿才,也是竖着流,而你却是横着流啊!"刘正钱笑笑:"献丑,献丑。"继而,另一位女士娇滴滴地说:"刘总真是大骚客啊!来,我不喝酒,就以茶敬你。"刘正钱眯着眼,也端起一杯茶说:"来,我也茶你哇。"闹得满桌的人哄堂大笑。

其实,刘正钱之所以爱表现自己,除了所谓的附庸风雅,还有个最大的原因——他曾私下里听说有人骂他是个土鳖,没文化。因此,他喜欢结交一些文人雅士,来给自己撑面子。每年,他都要花大量的钱,请市里的知名作家到他的企业采风。有一次,一个西安作家来当地旅游,正好碰上他组织采风活动。刘正钱多次派人请其参加座谈,对方出于礼貌,也就恭敬不如从命了。饭后,作家提出要去北碚看看梁实秋旧居。刘正钱喝得酒酣耳热,听作家如此说,赶忙把司机喊过来吩咐:"你去打听一下梁实秋是谁,他若在家,就开车把他接过来,免得作家跑冤枉路。"吓得该作家瞠目结舌。

刘正钱除了吟诗填词,还有个爱好,喜欢记录人生中的精彩瞬间。每次开会,只要有他发言,他都要派个人,肩扛摄像机,为他全程录像。他在发言席上结结巴巴，又滔滔不绝，还要用手摸耳垂，掏鼻孔。摄像的人在台下躬着身子，屁股翘得老高，抱着摄像机左摇右晃，听众还以为是电视台的记者。有次县里召开工商界人士会议，刘正钱的摄像师被保安拦住，不准进场，气得他吹胡子瞪眼，还差点跟保安打了起来。

曾经一度，刘正钱觉得写诗填词没啥意思，又发表不了，转而迷恋上了小品创作。据说他写了整整几十万字的小品，没事的时候，他力邀婆娘和女儿扮演小品里的角色，在家导演排练，自娱自乐。起初，他婆娘和女儿还兴趣浓厚，认为家中有这么一个文化人，生活也算五彩斑斓，有滋有味，总比那些成天坐在桌上搓麻将和喝酒的人强。但渐渐地，她们也就厌烦了。刘正钱新作迭出，有时一天就能写出两三个小品，剧本数量都快超过莎士比亚全集了。写好一个，就要排练一个。而刘正钱对演员的演技要求又高，稍有瑕疵，便责令重演。哪怕到了睡觉时间，若没达到刘导演的要求，他也不会鸣锣收工。如此一来，一家人长期睡眠不足，眼泡肿肿的，挂着一圈眼袋。尤其是他女儿，一到学校就想睡觉，任凭老师在台上讲得唾沫飞溅，她却怡然掉进梦乡与周公捕蝶。成绩直线下滑，从原来的年级前十名，降至倒数十名。婆娘担心毁了女儿，劝刘正钱中止写作，安生过日子。可刘正钱说，只要他的愿望达成，就封笔。婆娘问："啥愿望？"刘正钱说："上央视春晚。"这是他觊觎已久的梦想。刘正钱在写第一个小品时，就充满了野心。他发誓一定要让自己的作品出现在央视春晚舞台上，而且，主角必须是由赵本山来演。若此愿望实现,他将一举成名,誉满神州。只要每年央视春晚总导演名字一公布,刘正钱就会急忙急火揣上自己的剧本去北京活动。遗憾的是,他每次都是乘兴而去,败兴而归。无奈之下,刘正钱只好退而求其次,把目标锁定在市电视台,结果仍是无功而返。婆娘见他为这事绞尽脑汁,忧心如焚,建议他把剧本给县电视台。刘正钱最初不同意,后来一想,虽是县级媒体,也总比胎死腹中强。几番周折,县电视台接收了他的剧本,也承诺在春晚上播出。事情敲定,刘正钱兴奋得四处打电话告知社会各界人士,让其注意收看。可不知何故,当那年的春晚都在唱《难忘今宵》了,都没见刘正钱的小品播出来。大年初一一早,他便恼羞成怒地跑去台长家大骂,还扬言要把电视台给砸了。

虽然,刘正钱的文学之梦惨遭失败,但他做人的境界,却比很多人都要高。他认为,一个人有了钱之后,应该回报社会,报效国家。如斯,才算得上是个合格的公民。刘正钱是这么说的,也是这么做的。

2008年,全国人民期待已久的北京奥运会将如期举办,刘正钱早就盯准了时机,提前一年,他就在琢磨着能为奥运会做点什么。思来想去,他决定研制一根巨型火炬,向奥运会献礼。每天,他亲率团队,在车间里敲敲打打,电弧光四溅,几乎把所有的精力都投到了这件大事上来。经过七个月的攻坚苦战,耗资一百多万,才终于将火炬制成。当天,他还召集全体员工开大会,搞了个隆重的剪彩仪式。

仪式结束后,刘正钱与市体委联系,汇报了这一喜讯。市体委领导被他的爱国热情所感动,让他把火炬运到市里看看。由于火炬太高太大,无法通过高速公路收费口,刘正钱便雇来几十个人,花了半天时间,合力用肩挑背扛的方式,还砸伤了几个人的脚,才把火炬运出路口,重新装上货车拉去市里。

市体委的人目睹这个庞然大物,都惊诧莫名。但为尊重刘正钱,不扫他的兴,他们当着刘正钱的面,跟国家体委通了电话,道明事情原委。国家体委当即对刘正钱的义举深表感谢和敬意,并转告他说:"按照国家相关规定,为确保奥运会质量,一切设施设备都将统一设计和生产,请他谅解。"刘正钱一听,满脸的尴尬,不得不找人又将火炬运回厂里。

厂里员工见到辛苦研制的火炬被拉了回来,都在背地里议论,搞得刘正钱很没面子,在企业里的威信也开始动摇。但他毕竟是老总,即使威信扫地,也还是一言九鼎。为给自己正名,他将这根酷似烟囱的巨型火炬,安放在工厂大门口,像一尊代表企业形象的雕塑。员工们每天上下班,都要抬头朝火炬看。火炬上那一竖排"××××中心制"的红色字样,分外醒目。

只要企业有重大活动,或者遇到传统佳节和家人过生日,刘正钱必会叫人将火炬点燃,增加喜庆气氛。而且,一定要燃三天三夜。那火炬上熊熊燃烧的火焰蹿得老高,像一面猎猎迎风的旗帜,全城的人都能看见。

李杜白

李国家当了十多年乡村小学代课教师，却一直被人瞧不起。同在一个学校教书的老师瞧不起他倒也罢了，连周边的农民也看不起他。说要不是附近只有这一个学校，打死也不愿意将孩子送到他手上去读书。每天放学，在田间地头劳动的农民，一见李国家肩上挂个黄布包，鼻梁上架一副断了腿儿的玻璃瓶底眼镜，中山装的左边荷包里插两支钢笔走在回家的路上，就会故意高声不屑地说："呵，那个屁眼娃儿嗉，教得成啥子书嘛，完全是捏着鼻子哄眼睛，逗细娃儿耍的……"李国家听见冷嘲热讽，心里犹如尖刀在刺，但又不好正面回击，只好低着头快快地逃去。要是地上有个缝的话，他早就钻下去了，永不再出来。

在学校，老师们更是看不上他。整个学校，包括他在内，总共才三个老师。另外两人都是中师毕业后分配来的，嫌这里条件差，教书也不认真，恨自己运气不好，怀才不遇，每天都在抱怨。在李国家未去之前，本来先后来过几个年轻教师，但都是教了不到三个月，便逃之夭夭了。乡教办实在无奈，才暂时找到只有初小文化程度的李国家去代课。不想，他这一代，竟代了十几年。

自从李国家来校后，另外两名老师什么事都安排他干。师生的中午饭由他煮，学生作业也由他批改。因他们都住在镇上，刚放学，就急匆匆跑了，唯留下李国家督促学生打扫完教室后，再将学生们送走，方才回家。每次到家，天都擦黑了。有一次，李国家的儿子过生日，婆娘在家里弄了满满一桌好吃的，等他们回去享用。可刚好那天放学时，有个学生摔伤了脚。他便让同样是自己学生的儿子，陪他把这个学生背去镇上诊所包扎后又亲自送回家，才打着火把筋疲力尽地回家。到家时都夜里十点钟了，婆娘一个人坐在桌前，呜呜地哭。骂他百无一用，没有尽到一个丈夫和父亲的责任。李国家不做任何解释，洗了脚，吃了几口饭，倒头就睡了。自此，他婆娘一直仇恨他，没少给他脸色看，也没少给他小鞋穿。

尽管如此，在学校，李国家还要处处受两个老师的气。他们认为他文化低，根本就是在乱教学生。其实，老师们的责怪并非都没有道理。有好几次，两个老师去听他讲公开课，李国家提前几天就做了充分准备。但一上讲台，他还是显得紧张，拿粉笔的手抖动不停，以至于字写在黑板上歪歪扭扭的，像一堆蚯蚓。那堂课，听得两个科班出身的老师瞠目结舌。

李国家教学生念生字，念着念着就跑了调："麦（mài）——麦（mài），麦（miē）子的麦；爸——爸，爹就是爸；红——红，鸡血那种红……"笑得两个老师合不拢嘴。李国家见两个老师交头接耳,知道是在嘲笑他,便故意大声地问学生:"同学们,你们觉得老师教得如何啊?"学生们嬉皮笑脸,齐声答道:"不如何,不如何。"李国家眼睛一瞪,学生们见风使舵,异口同声回答:"喔,要如何,要如何。"李国家听孩子们这样说,脸上才泛起自豪的表情。接下来,他开始为学生讲解"破釜沉舟"这个成语,李国家左手拿着课本,右手叉腰:"同学们,你们知道什么叫破釜沉舟吗?简单说,就是日本人要来打我们中国,还没开火,船就沉了。"学生们一听李老师解释得新鲜,都在大声地议论:"啊,原来是这样。"两个老师不想再听下去了,捂着肚子跑出了课堂。

这之后,李国家乱教学生的事便传扬开了,闹得他斯文扫地,臭名昭著,走到哪里尾巴都夹得紧紧的。

李国家不服气,心想,老子文化低,绝不能让儿子也跟着文化低。他说:"老子就是拼了老命,砸锅卖铁,也要送儿子去读大学,读研究生,读博士,读博士后,还要去海外留学,看以后有哪个龟儿子敢小瞧我。"为实现这一愿望,他把儿子的名字都改了。他儿子本来的名字叫李天一,经他深思熟虑后,改名为"李杜白",也即李白、杜甫、白居易的总和。村里人不晓得他儿子改了名字,见了面还"李天一"、"李天一"地喊。李国家一听就发火了,迅速纠正道:"对不起,请以后喊他李杜白。"

李杜白很讨厌这个名字,别人一喊,他就骂。但他慑于父亲的权威,也只好将就默认了。李国家给李杜白制定了详细、周密的学习计划,每天的时间都安排得满满的。从早上一爬起床,到夜里入睡。每一小时该做啥都得写得清清楚楚。他希望儿子全面发展:琴棋书画,外加扁挂;担抬挖捣,开山放炮,这些都要懂。但计划推行不到一个月,李杜白就开始抗议了。李国家让他走东,他偏要走西;李国家让他逮鸭子,他偏要去捉鸡。这让李国家伤透了脑筋。欺哄骗诈,棍棒刀叉,十八般武艺都用尽了,儿子还是犟牛一头。

一个夏日午后,李杜白忍无可忍,决定公然让李国家出丑,出他的洋相。李国家下课后,坐在操场的橙子树下歇凉。两个老师也坐在一旁摇蒲扇、嗑瓜子。唯有学生们不怕热,在坝子上疯跑,你追我赶地玩游戏。就在李国家穿着短裤,跷起二郎腿,眯缝着眼打瞌睡时,李杜白迅速跑过来,伸手朝李国家的裤裆里一搂,大声喊道:"哎呀!我老汉的命根儿好大啊!像根黄瓜。"李国家红着脸,捡起地上的树枝就追着打。全体师生笑得差点背过气去。

那天过后,李国家遭到处分,代课教师的饭碗也砸了。

当天放学回到家,李国家一直黑着脸。李杜白刚放下书包,他一把将其抓过来,摁到地上,就朝死里打。婆娘不明就里,出来劝阻,也被冤枉打一顿。李杜白边挣扎边哭,被打得鼻青脸肿。

第二天早晨,有人便在村前的河里,发现了李杜白的尸体。他只穿了条裤衩,肚皮白翻翻地仰躺在水面上,两只眼睛睁得跟灯泡一般大。

李国家两口子趴在岸上,哭得死去活来。村里人见状,都摇头表示惋惜。他们说:"李天一多乖的孩子啊,竟……"话刚出口,立即反应过来:"呵,不,李杜白多乖的孩子啊,竟然这么走了。"

说完,朝河面一望,李杜白成了"李肚白"。

神树

　　黄杨村有棵神树,长在村头的古井旁。

　　没人说得清它生长的历史。据老一辈人讲,在村庄还没建制以前,树就存在了。它独自在那里等待了上百年,才迎来了这么个村庄。因此,这棵树被村民视为吉祥树,是活在他们心中的图腾。

　　从形状看,此树生得盘根错节,精血旺盛。树干由七个大男人手拉手,也无法将其合抱。伸开的树枝,像一块翡翠幕布,罩住地面偌大一方地盘。劳动之余,村人自发组织人员在树底下平出一块地。无论商量村中大事,还是谁家遇到红白喜事,都到这块平坝上来聚堆。地上可安放十余张桌子,男女老少坐在一起,有说有笑,邻里和睦,其乐融融。

　　有一年,炮仗娃满五十,全村人坐在树底下喝酒。阳光从树枝的缝隙间漏下,照在喝酒人脸上,与酒精导致的酡红交相辉映。那天大家高兴,从中午喝到傍晚,也没散席。喝到最后,差不多所有人都醉了，便躺在树底下睡了一宿。第二天醒来，便有消息传来，说周边几个村子昨夜突降暴雨，山洪和泥石流掩埋了很多房屋，还死了很多人。唯独黄杨村平安无事。村人们都惊叹是神树保佑了他们。

之后，每到农历初一或十五，村里人都要去神树上挂红，烧香磕头，祈求风调雨顺，人丁兴旺。若村中有人嫁闺女、去部队当兵、报考学校、出远门……也要去神树前祈福。神树是有求必应，不论乡民所求何事，大都一一应验，梦想成真。

可有一年，神树上爬满了白蚁，半边树干也被蛀空。村民人心惶惶，料到将有大事发生。果不其然，2006年，百年不遇的大旱席卷渝州大地，黄杨村也未能幸免。田地开裂，人畜受困。树木被晒死，粮食颗粒无收。人即使躲在屋里，也如坐在蒸笼上。如今，大旱过去已近十年，村中的水源却早已从大地上蒸发了，村庄成了一座无水的村庄。而那棵神树，也只剩一截树桩。远远望去，就像一个高僧圆寂后留下的舍利。

怒牛愤猪

黄四娃在镇上一家屠宰场替人宰牛，每天都要杀十几头，送往周边区县的各大餐厅。按惯例，杀一头牛，都要向牛体内注入大量的清水。而且，必须先将水注入活体后，再杀牛。只有这样，牛肉才新鲜。

牛都是从周边乡镇收购来的，那些牛一见黄四娃手里长长的注射器，就浑身颤抖，瞳孔放大，泪滴像晶莹的珠子，在眼眶里滚动。黄四娃注射技术娴熟，他将吸满水的注射器端在手里，慢慢靠近牛身，见牛没注意，抬手就是一针。被刺扎得胀痛的牛，奋力摆动头部，试图挣扎反抗，但四条腿均被粗粗的绳索捆绑住，动弹不得。不多一会儿，牛身出现浮肿，四肢就瘫软了。黄四娃见状，电闸一开，锋利的铁刀从牛脖颈切下，牛头便滚落一边，身首异处了。

或许是常年杀牛的缘故，黄四娃身上透出一股杀气。隔多远，牛就能嗅到他身上的气味，止步不前。哪怕牵牛人将鼻绳拽断,它们也寸步不移,腿像四根固定的木桩。

有一天,牛贩子牵来一头牛。此牛瘦弱不堪,走起路来偏偏倒倒,像是生了病。刚到屠宰场,它自己就走进栅栏里去了。进去后,就躺在地上不动。黄四娃想,这头牛要尽快宰杀,不然,等死了再放血,肉就不够鲜了。就在他拿起注射器准备注水时,那头牛却一下站起来,发了狂地冲向黄四娃,把他挤在墙壁上,用犄角刺穿他的肚皮,黄四娃当场死亡。牛把黄四娃的尸体挑在犄角上,绕着镇子跑了几圈,镇上的人都惊呆了。黄四娃的婆娘见此情形,慌忙从屋里抓起一根棍子出来阻挡,牛又凶猛地朝她冲去,三两下就将其顶死了。大家见这头病牛的两只犄角上各挂一人,咂舌不已,却不敢上前。

从此,镇上宰牛的人,都不敢朝牛身上注水了。

李七娃是个牵脚猪的。他每天唯一要干的事,就是将脚猪服侍好,养壮实。干他这行,最怕的,是脚猪在给母猪配种时,被主人骂为不行了。要是那样,不但脚猪没面子,牵脚猪者也会很臊皮,被人瞧不起。

李七娃就遇到过这种事。有一回,他的脚猪正准备给母猪下种,刚一爬上母猪的背,脚猪的腿就软了,滚了下来。守在旁边的主人急得团团转,心想,背时的瘟猪,关键时刻,你闪啥子劲嘛。李七娃见主人脸色不对,赶紧把猪拉过来,推它重新进行交配。可这下,脚猪却连母猪的背都爬不上去了。

回去后,李七娃便顿顿给脚猪喂生米浆,吃得猪都想吐了,他也要强行让猪把几大桶米浆吃完。你还真别说,这种方法效果奇好。自从脚猪吃了生米浆后,发起情来,那可真叫霸道。只要它一上母猪背,精液就一汪一汪地来。配种质量也相当高,母猪每产一窝崽,至少都有十一二个。主人高兴,李七娃挣钱就多。

按常理,一头脚猪每日顶多只能配三次种,超了,会伤脚猪元气,十天半月都难以恢复。可李七娃为了多挣钱,一天要让他的脚猪配五六次种。最开始那段时间,脚猪尚且招架得住。到后来,脚猪体力不支,见到母猪就躲。遇到这种情况,李七娃就用双手抚摸脚猪身体,激发其情欲。有时还要蹲下身来,在猪的耳朵边嘀咕,像是在做猪的思想工作。

一日午后,烈日当空,李七娃牵着脚猪出去配种。或许是上午刚刚配过种的缘故,加之天气燥热,脚猪大张着嘴,哼哧哼哧在泥地里乱拱,就是不肯跟着李七娃走。李七娃一看跟人约定的配种时间已过,急得汗水直冒。他索性脱掉上衣,双手奋力拽动绳索,将猪朝前面拉。可猪就像一坨毛铁,李七娃的手都勒出血印了,它仍岿然不动。李七娃只好下毒手,朝猪身上使劲抽鞭子。谁知,几鞭子下去,脚猪陡然愤怒了。它拼命朝李七娃撞去,李七娃人瘦,一个趔趄,就栽倒在路边的菜土沟里。他正欲翻身爬起,脚猪又猛扑上去,骑在他身上一阵乱踩。几分钟过后,李七娃便七窍流血,一命呜呼了。

从此,村里牵脚猪的人,都不敢强行让猪配种了。

一封遗书

罗青维有三个子女，两男一女。女儿出嫁多年，嫁给镇上一户卖豆芽的人家。俗话说：嫁出去的女儿，泼出去的水。自女儿在别人家的锅里吃饭后，他就再没挂念过。尽管，女儿最放心不下的是他。罗青维最闹心的，是两个儿子。他们打小就争强好胜，为争一件小东西，比如一颗扣子，或一把玩具小刀，可以一个星期不说话。长大后，更是形同路人。分家后，都各顾各，从不在一起打堆。就是年终团年，他们也不在一张桌上吃饭，这让当父亲的罗青维伤透了脑筋。他曾想过各种办法，撮合两兄弟，可越撮合关系越僵。

去年，罗青维身患重病，预感来日不多。他担心自己闭眼后，两个儿子会因为分家产的事扯皮，故趁脑壳还清醒，手脚还能动，他效法城里人，写了一封遗书，全文如下：

遗　嘱

本人罗青维,男,73岁,雀舌镇黄杨村人。由于我患有心脏病和高血压,情况相当严重,说不定哪天阎王就发帖子来请我去喝酒了。所以,趁我在未接到帖子之前,有必要把相关事情做个交代,以免我死后,子女们产生不必要的误解:

一、我有石砖瓦屋一间,四面墙壁,共有石砖508块,大儿子罗大宝和二儿子罗大全一人分一半,也就是每人254块石砖。至于房顶上的残瓦,则全部归罗大全所有。理由是他家的茅房长期用胶纸封顶,不遮风避雨,可以用这些瓦暂时应付一下;而屋顶的所有檩子和房梁则全部归罗大宝,理由是大宝的婆娘和儿子都喜欢吃香肠,可以把这些杂木拿去烧火熏制。这些木柴都是几十年的老料了,熏出的香肠味道好,吃起来可口。

二、屋中家具共有17件,其中方桌一张,板凳四张,脸盆两个,水瓢一把,木床一张,饭碗八个(有两个有缺口)。方桌和板凳归罗大宝,剩下的一律给罗大全。

三、我有镇上邮局的存折一张,存有人民币642.75元。其中150元给大孙子罗天,150元给小孙女罗甜;剩下的342.75元,全部拿去还村头的张元毛,我年初买化肥,从他那里借了350块钱。因他去城里女儿处住了,我一直没碰到他,等他回来后,由罗大宝代我归还,就说少他7.25

元钱。凭我跟他几十年的交情,想必他会谅解的。

四、后山的岩洞里,有干柴5捆。罗大全分3捆,罗大宝分2捆。大宝是大哥,谦让弟弟是应该的。

五、房顶的编织口袋里,装有一床花铺盖,那是我婆娘生前留下的,一直没有用过。考虑到我生病期间,女儿罗霞经常抽空来照顾我,给我端屎接尿,洗衣做饭,还提来香蕉、苹果等好吃的东西。我这辈子亏欠她太多,这床铺盖就留给她,算是个念想。

六、最后,我还想留句话,是说给罗大宝和罗大全的。你们两个身上都流着我的骨血,一个是我的左手,一个是我的右手。不管少了哪一只,我的心都痛。希望你们一定要搞好团结,不然,我就是死了,都不得安宁。

立遗嘱人:罗青维

证明人:陈行虎(村长)

2013 年 10 月 23 日

谢幕台词

黄杨村有一座戏台子,现在坍塌了,只剩几根柱子和一层楼面,像血肉风干后的一具残骸。

过去,戏台上是很风光的,逢年过节,或是有重要的活动,诸如祭祀先祖,祈雨求福,村民都要来此听戏。一阵开场锣鼓之后,二胡拉响,唢呐高奏,生旦净末丑轮番登场;百味人生,嬉笑怒骂,歌哭悲欢,生离死别,皆在此戏台上演绎。

一个村庄也就活了,有了几分生气。

村中有对老姐妹,姐姐叫冬雪,妹妹叫夏花,唱戏堪称一绝,是村民心中真正的"角儿"。别看她们都已年过花甲,只要朱唇轻启,水袖婉转,便能引来百鸟朝凤。其唱腔之清脆、舒缓,犹如梨花带雨,春阳耀波,听者无不如痴如醉,忘乎所以。

据说,姐妹俩都不是本村人,只因年幼时,跟随一个戏班来此地卖艺,走散了,流落到黄杨村,被一户好心人收养。收养者家有一子,名叫龙泉,年龄与她们相仿。三人青梅竹马,同甘共苦。每天早晚,冬雪和夏花都要跑到山坡顶上吊嗓子,龙泉也跟着去,坐在草地上,静静地聆听。时间长了,三人都到了情窦初开的年纪,姐妹俩同时喜欢上了龙泉,而龙泉也同时喜欢上了冬雪和夏花。

姐妹俩互相谦让,意欲成全对方,这让龙泉十分为难。让来让去,冬雪和夏花最终终身未嫁。龙泉呢,也被姐妹俩的深情厚义所感动,终身未娶。三人住在同一个屋檐下,仍以兄妹相称。

只是,他们私下有个约定,每年龙泉生日当天,冬雪和夏花要为他唱一台戏。起初,听戏者只有龙泉一人,戏里戏外满是浓情蜜意。后来,或许是村里人觉得龙泉一个人听戏太孤单,也太奢华,便跑来捧场,凑热闹。一来,就被姐妹俩的声音征服了。这样,龙泉的生日,自然就演变成了一个乡村的节日。村里人还给节日起了个名字:"鹊桥日"。说也凑巧,龙泉的生日,正好是民间七巧节的头一天。于是,他们便把两个节日一起庆祝了。

冬雪和夏花每年唱的内容都一样,没什么变化,但龙泉就是百听不厌,村民们也百听不厌。每听一次,龙泉都泪眼婆娑,惹得其他听众也跟着掉泪,场面很是感人。

同一台戏,就这样唱老了三个人。

几年前,冬雪突发脑溢血,死在戏台上。龙泉和夏花悲痛欲绝。一对惺惺相惜的百灵鸟走掉一只,唱戏的声音由此暗淡了,整个戏台仿佛塌了半边。

也是从那时起,村里再没人去听戏了,通通躲在家里看电视,打麻将。他们已经没有了听戏的时间和心境。但夏花仍每年坚持为龙泉唱戏，龙泉也一场不落，穿着干净的衣服，端庄地坐在戏台下，像曾经坐在山坡的草地上，聆听姐妹俩天籁般的动人之声。

这戏声中的含义，唯有龙泉能懂。

可某一天，夏花这只百灵鸟也飞走了，去了另一个世界，找她的姐姐冬雪去了。她俩生要同林，死要同穴。

夏花走后，村庄彻底沉寂了，再也听不到唱戏的声音。但孤独的龙泉，听戏的习惯仍没改。一到他生日那天，无论刮风下雨，还是烈日当空，便早早地端一个板凳，坐到戏台下，像过去那样，听得如痴如醉，热泪滂沱。仿佛冬雪和夏花这两只百灵鸟，还在他的耳际鸣唱，叫声能把他的灵魂牵跑。

尽管，龙泉面对的戏台，早已是一片废墟。

夜半歌声

当下的乡村，就像一场灾难过后的"废墟"，空荡荡的。残砖断瓦随处可见，一座座房檐挂满蛛网，台阶爬满青苔的屋子，总是柴门紧扣，缺乏一股子生气。尤其到了夜间，夜幕笼罩下的村庄死一般寂静。风从远处吹来，有一种荒寒的阴冷。就连天上的星辉和月色，似乎也比过去暗淡了不少。它们很难再看到夏夜里金黄的稻浪，也不再能够听得到稻田里响彻乡间的蛙声。

如果你是一个离乡太久的人，偶尔回到乡下，并在乡下过夜。你一定会早早蜷缩在床上，裹紧被子，把自己藏起来。不然，你会背脊发麻，像是有毛虫蠕动般瘆得慌。甚至，被巨大的寂静吓得魂飞魄散。

曾经熟悉的一切，通通变得陌生起来。

那些留下你脚印的，长长的，弯曲的山间小路，早已被过膝的茅草覆盖；那些你捉过蚂蚱，逮过瓢虫，捕过蝴蝶的良田，已经成了荒野林地；那些你光着屁股游过泳，追赶过鸭子，摸过鱼,并被里面的贝壳划破过脚掌的池塘,也早已干枯。那曾经波光潋滟的池面,也随同记忆一道,消失在时间的深处。

我每次从乡间的坡坡岭岭上走过,都要鼓足绝对的勇气。我担心自己会迷路,走着走着,就走到外太空去了。我也担心野鸡乱飞,黄鼠乱窜的深沟岩缝里,会突然冒出一头猛兽,朝我狂扑过来,要了我的命。因此,有时我会一边走一边靠唱歌来为自己壮胆。

但在城里生活久了,我的喉咙已经灌满了灰尘和汽车尾气,这导致我的嗓音出现嘶哑。越唱底气越不足,越唱心越虚,反而担心把野兽给引来了。

于是,我只能在心底里唱,默默地唱,直唱得涕泪交流。

还有比我胆子更小的人吗?

村里的吴国华在老伴去世后,每天夜里,他都要在屋子里放声高唱。他的歌声飘得很远,仿佛整个黄杨村都在接受他歌声的洗礼。我每次回村,都能听到吴国华响亮的歌唱。但我听不懂他到底唱的什么,他唱的歌都没有歌词,只有一些旋律。时而高亢,时而婉转;时而山洪暴发,时而溪流潺潺。我曾问过吴国华歌唱的具体内容。吴国华说,他唱的是一支古老的歌曲。活着的人听不懂,但那些死去的人能听懂。而且,村里那些树和草、泥土和大地、空气和水分也能听懂。

这到底是一支什么样的歌呢?

吴国华到死都没有说出这个秘密。

农民后裔

（跋）

起初并未想过要写这样一本书。

我写文章向来没什么计划，有感觉就写，没感觉就不写，从来不刻意为之。以前在乡下的时候，我也总是分不清时令季节。看到别人种庄稼也不着急，结果往往错过了耕种佳期，误了大好春光。所以母亲老是告诫我："你要是今后留在家里挖泥巴的话，要不到三天就会被饿死。"

后来，为了给自己找条生路，我离开了乡村，并阴差阳错地干起了写作这个行当。吊诡的是，自从我拿起笔的那天起才猛然发现，自己所能写的，却只能是我曾一心要设法逃离的乡土。除开它，我根本没法下笔。于是，"故乡"理所当然地成为我文字的"根"。我那些重要的作品，几乎都跟这个词汇有关。

对于一个作家而言，无论你写出过多少文字，到最后你会发觉，自己所有的写作，不过都是在完成同一部作品罢了。这部作品，将耗尽你毕生的心血。就像农民，他们一辈子都在那几块相同的土地上春种秋收，周而复始。待哪天人老了，再没力气干活儿，就把自己埋进土里。

我曾看到一则报道，说中国十年消失了近百万自然村，乡村空心化正日趋严重。这个数据是惊人和可怕的。随便走进一个村庄，你都会发现，能够种植粮食的土地越来越少。倘再过若干年，不说田地，怕是连那些埋葬着农民尸骨的土堆都难以见到了。它们将随同凋敝的乡村一起，消失在时间的尽头。

本书中的文字，正是记录或见证一个中国乡村消失的过程的，以及促使这种消失的外因和内因。

作为一个农民的后裔，我在面对这种故园的消亡时，内心无疑是充满隐痛的。但这又有什么办法呢？当恒定的传统已经无法阻挡现代化进程的滚滚巨轮；当人伦底线和道德习俗早已在社会的大变革中产生深度裂变……我唯一能做的，即是借助笔下的文字，为一代人最后的精神家园写一支挽歌。

但愿这支挽歌能为后来那些仍然热爱故园、敬畏生命的人们有所审思。如斯，我写这本书或许就有了几分意义。

胡不归，田园将芜！

吾乡吾民，长歌当哭！

吴佳骏

2015 年 10 月

吴佳骏作品年表

2004 年 《飘逝的歌谣》	《青年文学》2004 年 12 期
2005 年 《一个乡村孩子在城市的游走》 《河流的秘密》	《芙蓉》2005 年 4 期 入选《2005 中国最佳随笔》 《语文教学与研究》2006 年 4 期转载 《安徽文学》2005 年 11 期 入选《原生态散文 13 家》
2006 年 《印象的花纹》 《刻录的细节》 《黄昏的掌纹》 《胎记的鸟巢》	《辽河》2006 年 3 期 《读者》2008 年 15 期转载 入选《隐形的翅膀》 《青年文学》2006 年 4 期 《红岩》2006 年 6 期 《文学教育》2010 年 10 期转载 入选《中国西部散文精选》 《红岩》2006 年 6 期 入选《收获灵感和感动》

《务虚者的现实主义》	《散文诗》2006 年 5 期
《太阳升起以后》	《红豆》2006 年 10 期
《奔跑的地铁》	《岁月》2006 年 10 期

2007 年

《行走的地图》	《文学界》2007 年 2 期
《档案:2006 民间》	《散文诗》2007 年 2 期
	《杂文选刊》2007 年 3 期转载
《夜晚的城堡》	《黄河文学》2007 年 2 期
《想起来,是那么遥远》	《散文百家》2007 年 8 期
	《青年文摘》2007 年 10 期转载
	《都市文萃》2008 年 1 期转载
	入选《隐形的翅膀》
《躺在稻草堆上的呓语者》	《散文诗·下》2007 年 9 期
	入选《镜像的妖娆》
《风吹在贴着纸的墙上》	《红岩》2007 年 5 期
	《文学教育》2007 年 11 期转载
	《小品文选刊》2008 年 5 期转载
	入选《2008 文学中国》
	入选《30 年散文观止》
《水车转动的年轮》	《红岩》2007 年 5 期
	《读者》2008 年 23 期转载
	入选《2007 中国散文 100 篇》
	入选《2008 随笔年选》
《被时间风干的民间艺人》	《重庆文学》2007 年 3 期
《复活或尘封的故乡》	《福建文学》2007 年 11 期
	入选《散文中国》

2008 年

《麦粒的重量》	《广西文学》2008 年 2 期
	《杂文选刊》2008 年 8 期转载
《在黄昏里讲述往事》	《红豆》2008 年 3 期
《油菜花开》	《青年文学·下》2008 年 4 期
《散场的电影》	《青年文学·下》2008 年 4 期
《月光下的少年》	《安徽文学》2008 年 4 期
	《意林》2009 年 20 期转载
《姐姐的地平线》	《百花洲》2008 年 4 期
	入选《九十九极》
《草料场·旧学校》	《作品》2008 年 4 期
	入选《2008 中国散文 100 篇》
	入选《中国非主流散文精选》
《活着,是一笔债》	《天涯》2008 年 5 期
	入选《2009 年中国散文年选》
	《意林》2012 年 15 期转载
	《读者·乡土版》2012 年 10 期转载
	《疯狂阅读》2012 年 10 期转载
《父亲的疼痛与乡愁》	《芙蓉》2008 年 6 期
	入选《隐形的翅膀》
《最后一个夜晚》	《长城》2008 年 6 期
	《散文选刊·下》2009 年 10 期转载
《随时间奔逃的灵魂》	《青年文学》2008 年 6 期
	《语文教学与研究》2008 年 12 期转载
《边沿或角落的生长笔记》	《鸭绿江》2008 年 6 期
《一头唯美与孤寂的毛驴》	《岁月》2008 年 6 期

《重庆:记忆与印象》	《散文诗》2008 年 7 期
	《杂文选刊》2008 年 9 期转载
	《全国优秀作文选》2008 年 10 期转载
《聆听:耳膜间的颤动》	《海燕》2008 年 7 期
《母亲的世界》	《散文》2008 年 8 期
	入选《隐形的翅膀》
《乡村岁月里的事和人》	《美文》2008 年 8 期
《鬼魅飘荡的村庄》	《滇池》2008 年 12 期

2009 年

《爬在县城脊背上喘息的父母》	《作品》2009 年 1 期
	《特别关注》2009 年 7 期转载
	入选《良友·幸福天上寻》
	入选《从灵魂的方向看》
《记忆中的敦煌》	《青春》2009 年 2 期
《寻找冬日的灯盏》	《岁月》2009 年 2 期
	《读者》2009 年 5 期转载
《乡村诊所》	《福建文学》2009 年 2 期
《时光之上的澡盆》	《四川文学》2009 年 6 期
《巫山:红叶的舞者》	《岁月》2009 年 6 期
	《作家与读者》2009 年 3 期转载
《一只墨水瓶改装的煤油灯》	《滇池》2009 年 8 期
	《青年文摘》2009 年 19 期转载
	入选《2009 中国散文 100 篇》
《家族人物志》	《山东文学》2009 年 8 期
《背篓谣》	《海燕》2009 年 9 期
	《青年文摘》2009 年 21 期转载

	《文学教育》2009 年 11 期转载
	《读者·乡土版》2010 年 3 期转载
	入选《2009 中国随笔年选》
《青海笔记》	《散文诗·下》2009 年 11 期

2010 年

《祖脉上的兄弟》	《散文选刊·原创版》2010 年 1 期
	入选《良友·青春洒向何方》
《子夜雨》	《青春》2010 年 1 期
《对一个女人的记忆和想象》	《青年文学》2010 年 3 期
《鞋子的诉说》	《鸭绿江》2010 年 4 期
	《语文教学与研究》2010 年 12 期转载
	《手稿》2010 年 3 期转载
	《经典美文》2011 年 2 期转载
《夜晚的冷雨》	《散文百家》2010 年 5 期
《乡村镜像》	《散文诗》2010 年 6 期
《艾草和菖蒲浸染的端午》	《啄木鸟》2010 年 6 期
	入选《泥土的补丁》
《是缘分让我们今生成为兄妹》	《黄河文学》2010 年 6 期
《院墙》	《清明》2010 年 6 期
《绿地毯上的石柱》	《岁月》2010 年 6 期
《洋槐树上的钟声》	《芙蓉》2010 年 6 期
《卑微的鸟雀卑微的人》	《作品》2010 年 7 期
	《散文选刊》2010 年 10 期转载
	入选《2010 中国散文 100 篇》
《从两路口到上清寺》	《青年作家》2010 年 8 期
	《散文选刊》2010 年 11 期转载

《记一个年届四十的朋友》	《文学界》2010 年 8 期
《一个木匠的尊严》	《四川文学》2010 年 8 期
《乡村婆媳》	《福建文学》2010 年 8 期
	入选《2010 中国散文佳作》
《故人二题》	《红豆》2010 年 9 期
《麦场上的守望者》	《广西文学》2010 年 11 期

2011 年

《祖脉上的兄弟》	《北京文学》2011 年 1 期
《河岸上游荡的生灵》	《山花》2011 年 1 期
	《文学教育》2011 年 3 期转载
	入选《2011 中国最佳散文》
	入选《2011 中国散文年选》
《被电影虚构的生活》	《山西文学》2011 年 2 期
	入选《2011 中国散文 100 篇》
《城口的雪城口的夜》	《岁月》2011 年 2 期
《故乡的年》	《佛山文艺》2011 年 3 期
《贴着大地生活》	《作品》下 2011 年 5 期
《水稻扬花的季节》	《边疆文学》2011 年 11 期
	入选《2012 最佳散文》

2012 年

《故乡三题》	《散文诗》2012 年 1 期
《光亮唤醒沉睡的灵魂》	《绿洲》2012 年 1 期
《在重庆码头上流浪或飞奔》	《福建文学》2012 年 2 期
	入 选《中国散文佳作 2012》
《在黄昏眺望黎明》	《山花》2012 年 4 期

《遗失的故乡》	《啄木鸟》2012 年 5 期
	《文学教育》2012 年 4 期转载
《穿过黑夜的身影》	《边疆文学》2012 年 5 期

2013 年

《谁为失去故土的人安魂》	《山花》2013 年 1 期
《观音的秘密》	《黄河文学》2013 年 7 期
《金子的重量》	《四川文学》2013 年 8 期
《一个乡村医生的祈祷和忏悔》	《花城》2013 年 5 期
	《散文选刊》2014 年 1 期转载
	入选《2013 中国散文年选》
	入选《2013 中国散文排行榜》
《被遮蔽的痛和爱》	《清明》2013 年 6 期
《被载入史册的夜晚》	《长城》2013 年 6 期

2014 年

《最后的乡村故园》	《岁月》2014 年 6 期
《被时间敲碎的乡史》	《广西文学》2014 年 6 期
《并非虚拟的乡土》	《鸭绿江》2014 年 6 期
《一个人的乡史》	《大家》2014 年 3 期
《来自故乡的挽歌》	《福建文学》2014 年 7 期
《出生地哀歌》	《啄木鸟》2014 年 7 期
《穴居里的黑暗和光明》	《作家》2014 年 8 期
	入选《2014 中国最佳散文》
	入选《2014 中国散文排行榜》
	入选《2014 民生散文选本》
《乡村见闻录》	《山东文学》下 2014 年 7 期

《故乡书简》	《山西文学》2014 年 8 期
《新农村笔记》	《四川文学》2014 年 9 期
《燕子·蝉》	《啄木鸟》2014 年 11 期
	入选《聆听落叶的倾诉》
《渐行渐远的故土》	《长城》2014 年 6 期

2015 年

《酒鬼哀歌》	《文学报》2015 年 1 月 15 日
《我的"先生"父亲》	《光明日报》2015 年 2 月 6 日
《在古镇的一个下午》	《岁月》2015 年 3 期
《躲在父亲背后取暖》	《文艺报》2015 年 3 月 4 日
《亡灵记》	《满族文学》2015 年 2 期
《山里山外野风吹》	《四川文学》2015 年 4 期
《小说二题》	《广西文学》2015 年 5 期
	《微型小说选刊》2015 年 15 期转载
《我的乡村我的城》	《作家》2015 年 5 期
	入选《2015 中国散文排行榜》
	入选《2015 民生散文选》
《乡事琐记》(两则)	《小说界》2015 年 4 期
	《小小说选刊》2015 年 17 期转载
《我的鲁院时光》	《文艺报》2015 年 7 月 24 日
《我们这一代》	《联合报》2015 年 6 月 25 日
	《台港文学选刊》2015 年 10 期转载
《回乡惶然录》	《黄河文学》2015 年 8 期
《植物记》	《啄木鸟》2015 年 10 期
《旧历年底的五张面孔》	《光明日报》2015 年 10 月 16 日
《河流往事》	《光明日报》2015 年 11 月 13 日

《青年镇》	《中国财经报》2015 年 11 月 7 日
《大沙河记》(外一篇)	《岁月》2015 年 12 期
《午后笔记》	《鸭绿江》2015 年 12 期

2016 年

《黑暗与曙光叙事曲》	《天津文学》2016 年 1 期
《残院之内黄昏之后》	《天涯》2016 年 2 期
《大地叙事曲》	《文艺报》2016 年 4 月 6 日
《滴泪痣》	《时代艺术》2016 年 3 期
《日出比日落缓慢》	《文艺报》2016 年 6 月 6 日
《一个人的百年孤独》	《作家》2016 年 6 期
《与父亲的一次长谈》	《清明》2016 年 4 期
《与母亲的一次长谈》	《芙蓉》2016 年 6 期

著　作

《掌纹》	太白文艺出版社 2009 年 1 月
《院墙》	花城出版社 2010 年 8 月
《飘逝的歌谣》	北京工业大学出版社 2012 年 5 月
《在黄昏眺望黎明》	花城出版社 2012 年 7 月
《莲花的盛宴》	花城出版社 2014 年 1 月
《巴山夜雨》	云南民族出版社 2014 年 3 月
《生灵书》	北岳文艺出版社 2015 年 10 月
《结婚季》	太白文艺出版社 2016 年 1 月